CW00540662

LUCIANO
BIANCIARDI
La vita agra

© Giangiacomo Feltrinelli Editore Milano
Prima edizione nell'"Universale Economica" maggio 2013

Stampa Nuovo Istituto Italiano d'Arti Grafiche - BG

ISBN 978-88-07-88164-0

www.feltrinellieditore.it
Libri in uscita, interviste, reading,
commenti e percorsi di lettura.
Aggiornamenti quotidiani

razzismobruttastoria.net

Al nobile amico Carlo Ripa di Meana

I

Tutto sommato io darei ragione all'Adelung, perché se partiamo da un alto-tedesco Breite il passaggio a Braida è facile, e anche il resto: il dittongo che si contrae in una *e* apertissima, e poi la rotacizzazione della dentale intervocalica, che oggi grazie al cielo non è più un mistero per nessuno. La si ritrova, per esempio, nei dialetti del Middle West americano, e infatti quel soldato di aviazione che conobbi a Manduria mi diceva "haspero" mostrandomi il ditone della mano destra ingessato, e io non capivo; ma poi non c'è nemmeno bisogno di scomodarsi a traversare l'Oceano, perché non diceva forse "Maronna mia" quell'altro soldato, certo Merola della compagnia comando, che era nato appunto a Nocera Inferiore?

Le altre ipotesi, che cioè all'origine ci sia un basso-latino Braida, o un latino classico Praedium, hanno per me interesse minore, e in quanto al significato concordano tutte, comunque. *Campus vel ager suburbanus in Gallia Cisalpina.* Insomma, uno slargo, uno spiazzo vicino all'abitato, un pezzo di verde *intra moenia*, dove si tenevano le fiere di bestiame e magari ci bazzicavano le prostitute, a notte. Ora, siccome accanto allo spiazzo nostro c'erano le case di un tal Adalgiso Guercio, la gente continuava a dire la Braida del Guercio.

Storto d'occhi ma dritto d'animo, il pio Adalgiso fece dono delle sue case all'ordine degli Umiliati, del quale per la verità so poco: so che in quelle case del Guercio misero la loro prepositura, che poco dopo l'ordine si estinse, e che la Braida passò automaticamente al cardinale arcivescovo monsignor Chiesa. Più tardi un sant'uomo, Carlo Borromeo, destinò là dentro i compagni di Gesù, che vi tennero la loro casa insegnante. Ma intanto la vecchia Braida del Guercio, che nessuno ormai chiamava più così, era diventata un palazzo, e più precisamente un'ala del palazzo odierno, quella che guarda sulla via Adelantemi. Guarda per modo di dire, perché le finestre sono sbarrate, e le mura massicce di un rosso ferrigno, con un'aria complessiva di fortilizio. Come tutti sanno, nel 1773 i compagni di Gesù si scompagnarono e così quelli della Braida smisero di insegnare, e proprio allora la cattolicissima imperatrice Maria Teresa, saggiamente consigliata dal principe Kaunitz, riunì là dentro il lascito librario del munifico conte Pertusati, la vecchia biblioteca dell'ordine, altre raccolte minori, e aprì alla cittadinanza colta una nuova e dovíziosa fonte del sapere.

Intendiamoci: tutte queste cose io le ho imparate proprio alla vecchia Braida del Guercio, perché amo documentarmi e non parlare mai a casaccio. Nemmeno con gioia, lo confesso – e lo confesso volentieri perché dà più merito alle mie fatiche di ricercatore. Ci entravo ogni volta con una specie di trepida ansia, che somigliava assai allo sbigottimento. Già mi intimoriva, nella sala dei cataloghi, fra i grossi tomi dei vecchi repertori manoscritti – dove l'inchiostro arsenicato invecchiando luccica e rode la carta, pur ottima, di duecento anni or sono – e le cassettine dei nuovi accessi (nuovi per modo di dire, in realtà appena posteriori al 1924 e fermi a prima della guerra), già mi intimoriva il grosso ritratto incombente dell'imperatrice, paffuta e vestita di nero, con in mano una cartapecora penzoloni che non guardava, perché teneva fissi su di me gli occhi materni, anzi nonneschi.

Una nonna che aveva lasciato non soltanto la biblioteca, ma anche i talleri d'argento, come quello che mi fece vedere il Macii tornando dall'Abissinia. Chissà quante volte si era svalutata la lira, e il governo aveva cambiato zecche e conii, mentre intanto i talleri della vecchia imperatrice erano rimasti buoni, non solo per i sudditi di ras Tafari, ma anche per i nostri soldatielli, che volentieri se li portavano a casa e li custodivano gelosamente.

Mi intimoriva lo sguardo di questa nonna pasciuta, serissima e forse un po' avara, che occupava mezza parete, appesa alla balconata di legno, in mezzo alle scaffalature altissime, su su fino alle volte con graffiti i ritratti di Virgilio, Orazio, Lucano eccetera. E con una punta di angoscia consegnavo il talloncino giallo delle richieste agli impiegati dietro il bancone.

Non so per quale disposizione ministeriale, questi giovani addetti alla consegna dei libri in lettura erano quasi tutti mutilati alle mani. A chi mancava un dito, a chi due, a chi tutti e cinque. Qualcuno aveva la mano di legno e cuoio dentro il guanto nero, ferma e secca nella positura di chi te la offre alla stretta, ma senza poterla stringere. Né poter segnare sulla scheda di richiesta il numerino corrispondente al tuo nome; tanto vero che qualcuno aveva dovuto imparare a scrivere con la mano buona (buona in senso relativo, a scrivere insomma con le tre dita residue della mano sinistra), oppure ad aiutare il moncherino intervenendo con la bocca; e allora vedevi l'uomo chino sul tavolo scapeare iroso, furibondo, sembrava, i denti serrati sul mozzicone della matita. E io sinceramente mi sentivo in colpa, d'aver chiesto il libro e di costringere questo pover'uomo, in tutto uguale a me fuor che nel numero delle dita, a un simile inverecondo calvario.

Le schede di richiesta sparivano dietro una porticina, e qualcuno certo saliva su, per soppalchi e soffitte, a cercare il libro polveroso. Io non ci sono mai stato, ma mi hanno detto che i depositi della biblioteca erano e sono stipatissimi, accessibili per passaggi e cunicoli e pertugi stretti, e così bassi che un uomo di normale statura difficilmente li raggiungerebbe. Ecco perché – me l'hanno detto, ma io veramente con gli occhi miei non li ho mai visti, e non potrei quindi giurarci – la direttrice della biblioteca – aveva un nome tedesco, questa signora, ad accrescere il mio sbigottimento, quasi fosse una nipote, o una protetta, insomma una fiduciaria dell'imperatrice dei talleri – la direttrice della biblioteca utilizzava per il ritrovamento dei libri altri uomini di piccolissima statura, reclutati in Val Brembana, e forse anche nani autentici da circo equestre.

E nemmeno quietavano i miei rimorsi i lettori abituali, quelli che entravano in sala grande: in trepida attesa del mio libro – una miscellanea sulle origini della biblioteca per esempio – vedevo sfilare ora una ragazza paraplegica, la gamba sinistra sottilissima e il piedino sghembo, ora un vecchio coi capelli bianchi irsuti e scomposti, il capo torto da un lato, gli occhi sbarrati, o strabici, o abbogliorati dalla cataratta, ora persino un infermo sulla carrozzella da invalido, spinto da un'anziana donna vestita di nero e con la cuffia, che sembrava una monaca. Non vedevo l'ora di consegnare il talloncino giallo al banco della restituzione, varcare la porta a vetri, e prendere giù per l'ampio scalone.

Tutt'altra cosa, là fuori. I gradini erano larghi e comodi, tagliati per piedi cardinalizi. Ora, tante cose

12

io invidio ai cardinali, ma più di tutto le scarpe, che sono agili di fiosso, morbide di spunterbo e larghe, sì che le dita ci stanno ben distese e slargate nelle calze di seta rossa, senza duroni, né lupinelli, né accavallamenti del terzo sul secondo dito, né unghie incarnite come succede a noialtri laici, funestati dalle punte strette e tigliose delle scarpe che fabbricano in serie non sulla forma del piede, ma sulla *Füssgestalt*, certi calzolari hegeliani. A scendere quello scalone capivi di aver sbagliato chissà quante scelte importanti, in vita tua; nemmeno il passo era giusto, inadeguato per via dei calzoni che dismagano l'onestà dell'incedere. Erano scalini da scendere in tonaca, con piede posato e solenne e comodo.

Alla svolta della prima rampa una vaschetta di bronzo appesa al muro avvertiva gli entranti di spegnere il sigaro, ed anche quella scritta mi intimoriva, mentre accendevo la nazionale e posavo con cura là dentro il cerino. C'era da percorrere un passaggio a volte altissime, in penombra, fiancheggiato da tante statue, calchi o copie cioè di nudi classici, mutili nel sesso quelli maschili, non so se per ira dei compagni di Gesù o se per beffa dei ragazzi che, lì accanto, frequentavano le belle arti.

La luce ti coglieva giù in fondo, dove il passaggio buio sbocca nel cortile. C'è subito una fontanella col mascherone che tiene in bocca un tubo ricurvo in giù: tu premi un bottone lì accosto e attingi col ramaiolo di ferro stagnato. Mi fermavo sempre a bere, prima di dare un'occhiata all'intorno, sul cortile quadrato pieno di archi, di colonne e di statue. Principalmente erano busti, ma ai personaggi più importanti era toccata la statua intera, a grandezza naturale e forse di più, tutti in piedi con la gamba sinistra piegata in avanti; e siccome le statue erano messe proprio a filo con le

13

arcate, mentre il resto della figura s'era coperto di fuliggine e di sudiciume, un ginocchio, appunto il sinistro, restava bianco e nitido grazie al continuo dilavamento delle acque piovane. I personaggi di pietra stavano lì fermi a lavarsi il ginocchio, e per occupare le mani tenevano, secondo il mestier loro, chi un tomo, chi un cartiglio, chi una sfera, guardandola fissamente, come fa l'indovina col globo di vetro. Al centro del cortile sorgeva la statua bronzea di Napoleone, nudo, con le natiche tonde, atticciato e forse anche un po' pingue (ma sempre in vantaggio sulla verità fisica di quel securo), ambedue le mani occupate, la destra da una vittoria alata, ritta in punta di piedi sopra una sfera, la sinistra su una pertica, forse un'asta di bandiera, forse una lancia spuntata, io non so bene.

Era grande il palazzone della biblioteca, già casa insegnante dei compagni di Gesù, e prima ancora prepositura degli Umiliati e alle origini Braida del Guercio. Io ho parlato diffusamente della biblioteca perché lì mi conducevano sovente, vincendo rimorsi e angustie, i miei scrupoli di giovane erudito, ma ci sarebbe da dire anche, potendo, della pinacoteca, dove si conserva un famosissimo Cristo, grosso e grigio, coi piedoni avanti, e morto, morto senza speranza di resurrezione. O dell'osservatorio astronomico, con la sfera della specola su in cima, che dà la temperatura e le previsioni del tempo per domani; o dell'orto botanico, che non ho purtroppo mai visto, ricco di piante rare, anche tropicali, capaci di crescere nonostante il freddo e l'umido, grazie a chissà quale miracolosa combinazione di muri e di giri d'aria inspiegabilmente calda soltanto lì. Basti pensare che nella baracchetta per le zappe e le vanghe e le cesoie del giardiniere aveva trovato alloggio – una branda e un tavolo – Gaetano il pittore di Napoli. Una baracca di tavole, piena di fessure, battuta dagli spifferi, eppure Gaetano si serbava vegeto e rosso in viso come quando era venuto su dal suo paese. E c'era infine la scuola delle belle arti, con le sue aule che davano sul cortile: ornato, figura, geo-metrico, era incisa sopra l'uscio, e verso mezzogiorno sciamavano gli alunni, lunghi, capelluti e dinoccolati, e le ragazze col mongomeri verde o rosso, una gran cartella sotto il braccio e la chioma legata a coda di cavallo sulla nuca.

Le vedevi sostare accanto a una colonna, indugia-re sul portale, tante macchie di colore con sullo sfon-do l'abside della vecchia chiesa, ferrigno e verde di rampicanti, dall'altra parte della strada. Quella si chia-ma la chiesa di San Fruttuoso, sconsacrata da chissà quanto, e buona nemmeno più per l'archivio di stato, che prima c'era, ma adesso ha sloggiato non so dove. La navata è ingombra ormai di legname sfasciato e imporrito, e del vecchio archivio resta appena una fi-la di colombai. I muri si scrostano, i pochi graffiti pigliano la muffa, ma l'abside sta in piedi; l'hanno ser-bata perché faccia da quinta, giù in fondo, fra i due parallelepipedi di vetro e cemento lustrato d'un palaz-zo nuovo, pieno di gente che da mattina a sera fattura la produzione metalmeccanica.

Anche da lì dopo mezzogiorno usciva un fiume di persone, ma erano diverse: tetri e aggobbiti gli uomi-ni, ritte e secche le donne, la testa alta, la faccia im-mobile, tranne un ritmico vibrar delle gote, per il con-traccolpo dei passi rigidi sui tacchi a spillo. Tutti sem-bravano voler fuggire da queste strade a loro estranee, e infatti filavano via senza un'occhiata attorno, né al palazzone di cotto, né alle ragazze in mongomeri co-lorato, né ai gruppi di capelluti che sostavano poco oltre, dinanzi ai due caffè: il caffè della Braida e il caffè delle Antille.

In quel punto la via Adelantemi inverte il suo nome, e continua ciottolosa – soltanto la carreggiata di pietra liscia al centro, e per il resto selci tondi di fiume – e passa dinanzi a un bottegone di antiquario, tre o quattro ristoranti, dove mangiavamo noi, cambiando porta secondo i soldi che avevamo in tasca: il Quattrino era il più economico, non c'erano né tovaglie né tovaglioli, e la pastasciutta te la scodellavano con le mani in quel buco di cucina così accosto ai tavoli di legno che d'inverno molti li preferivano appunto per questo; poi la latteria delle tre pie donne, così fiduciose nella provvidenza e nel prossimo che spesso noi si riusciva a pagare la metà di quel che si era mangiato; infine il Bersagliere, riservato per i giorni dello stipendio, un ristorante al solito toscano, cioè meglio, di Altopascio o di Chiesina Uzzanese, o forse del Ponte, non ricordo bene. Più avanti via Adelantemi (col nome invertito però) vantava due postriboli, sì che non riuscivi a dirne il nome senza sorridere un po'.

Era una strada tranquilla e tutta nostra; il traffico quasi non ci si azzardava, ma anche in via della Braida, che pure è centrale e frequentata, le auto sembravano riconoscere che questa era zona nostra e rallentavano più del dovuto, e i piloti non s'arrabbiavano né facevano le corna se un pedone uscito dal caffè delle Antille traversava senza guardare, obbligandoli a una secca frenata. Per tacito consenso insomma quella era la nostra isola, la nostra cittadella. Ci abitavo anch'io, poco oltre l'incrocio, dove via della Braida, pur restando identica per larghezza e colore, cambia nome, ne prende uno risorgimentale, a ricordo della campagna del '59, quando vinsero i francesi.

Più che abitare, diciamo che dividevo una camera mobiliata al terzo piano del numero otto, con un fotografo che si chiamava per l'appunto Carlone. Al suo paese, mi spiegò, oltre che studente di liceo, era trequarti nella squadra di rugby, e io potevo credergli anche soltanto a guardarlo, perché era massiccio e falsamente alto (ci sono tipi così, come ci sono i falsi gobbi, mettiamo, o i falsi nani, cioè i gobbi dritti e i nani lunghi). Carlone misurava un metro e ottanta, non lo nego, ma non per questo era un uomo alto davvero, un uomo come me: era lungo e greve di tronco, insomma, ma corto di gambe e basso di sedere, proprio come si conviene, del resto, a un giocatore di rugby, che deve offrire il minor appiglio possibile al placcaggio avversario. Forse è per questo che non portava mai i calzoni del pigiama (la misura della giacca non poteva combinare con la lunghezza dei calzoni, infatti) e coricandosi mostrava, proprio sull'osso sacro, un ciuffetto di peli, come un residuo di coda.

Siccome al liceo andava bene in italiano, era venuto su con l'idea di farsi giornalista, ma poi qualcuno gli consigliò, proprio per via della sua mole e della pratica nel gioco del rugby, di scegliere invece il fotoreportaggio, un mestiere che richiede buone spalle, se vuoi farti largo nella calca e scattare il flash al momento buono. Carlone aveva accettato, e adesso lo vedevo, rincasando, steso sul letto a sfogliare vecchi numeri di "Life": così, diceva, per trovare un'idea, uno spunto. Qualche volta, se non avevo voglia di salire in biblioteca per le mie ricerche, lo accompagnavo fino alla Mondialpicts, l'agenzia fotografica dove lavorava insieme ad altri due ragazzi, alloggiati nella camera accanto alla nostra, Mario e Ugo. Alla Mondialpicts comandava un ragioniere con gli occhiali, basso e tondo, che si tratteneva il cinquanta per cento su tutto il fatturato, e in cambio dava a nolo le macchine e i rotolini, anticipava le spese e prestava la camera oscura per lo sviluppo. Nient'altro: i servizi ciascun fotografo doveva cercarseli da sé, girando per le redazioni, inventarli, con la speranza che poi qualcuno li comprasse. E il ragioniere tratteneva il suo cinquanta per cento più le spese. Idee Carlone ne aveva: ogni tanto pigliava il treno, diretto a Genova, a Venezia, oppure alla campagna romagnola, come quando mi spiegò che aveva in mente di abbinare, con una gita sola, due servizi: sul pugile Cavicchi e sul paesaggio pascoliano.

Rientrava dopo un paio di giorni con la faccia stanca, perché le notti le passava alla sala d'aspetto della stazione, per risparmiare. Lo vedevo crollare sul letto greve, massiccio e ansante come un bufalo. Rincasavano anche Ugo e Mario, e li sentivo litigare, come al solito. Fui io, mi ricordo, a spiegargli come comportarsi, per un servizio sui giurisdavidici e sul santo Davide: gli detti anche una lettera per il Dieciné e una per il Tommencioni. Ma poi, dall'altra parete, giungeva un rumor di tosse secca e insistente; al solito, ormai lo sapevo, era Aldezabal, il basco, il pelotaro con la bronchite cronica. Insomma le stanze affittate al numero otto, terzo piano, erano tre: la nostra – di me e di Carlone – nel mezzo, fra quella di Ugo e Mario, e quella dei pelotari, cioè Aldezabal, Gazaga detto braccio di ferro e Barranocea.

Giunsi a conoscerli abbastanza bene, questi tre giovanotti baschi, neri di capelli e di occhi, già un poco pingui, col braccio destro deformato dal mestiere e i gomiti dalla sinovite. Perché il buon pelotaro non perde le palle basse, e sa al momento giusto crollare a terra, fare perno sul gomito, ricevere nella cesta e ribattere sul muro del *frontis*. Lo spettatore competente anche a occhi chiusi potrebbe seguire un incontro di pelota, riconoscere dal suono della palla chi ha chiuso: quando schiocca chiara sul linoleum il colpo è andato a segno, ed è fuori invece quando tonfa sul legno o strepita sulla cornice di lamiera. Basta il suono.

Fu Carlone a portarmi alla palestra di via Palermo, e m'insegnò a scommettere, e le prime volte vincemmo anche un migliaio di lire per uno, al totalizzatore dove una fila di uomini in maniche di camicia punzonavano rapidi i biglietti. C'era dentro parecchia gente, più che altro uomini, con le basette lunghe e la spilla alla cravatta, ma anche qualche donna col cappello all'antica, che stava a guardare morsicando semi di zucca e urlando a tratti: "Chiudi!" ai pelotari oltre la grande rete di ferro.

Entravano due alla volta nella gabbietta in fondo, vestiti di bianco, legandosi la cesta attorno al polso, seri e indaffarati, a lunghi passi la maggior parte, pochi correndo, come per esempio Angel, che si dava le arie. Ormai li conoscevo tutti: astuto il vecchio Arata, e imprevedibile con le sue farmacie, cioè coi suoi tiri bassi e lenti che ricadevano appena sotto il margine inferiore del *frontis*; poderoso e taciturno Luis, la spalla, che andava a *rebote* con una tesa sciabolata, spesso imprendibile; scorbutico e livido in viso Aldezabal, come tutti quelli che hanno la bronchite cronica. "Eccolo, lo vedi?" mi diceva Carlone. "Eccolo, il tossitore maledetto." Per parte mia ammiravo più di tutti Gazaga, detto braccio di ferro, contubernale della stanza accanto. Ci ho anche parlato qualche volta, ed era un uomo serissimo: sapeva di Franco, delle Asturie, della miseria di casa sua, e perfino di come era fatta Tampa, in Florida, dove andava a giocare almeno due volte l'anno. Gli incontri – tredici mi pare – finivano dopo la mezzanotte; il pubblico sfollava sulle motorette o a piedi, i pelotari andavano a cena e poi li sentivamo rincasare verso le due, Aldezabal con la solita tossaccia insistente.

Glielo diceva anche la padrona di casa, che si facesse vedere da un medico; e una domenica anzi che Aldezabal aveva la febbre e rimase a letto, fu lei a preparargli una tazza di latte a bollore, con dentro un bicchierino di grappa, che fa tanto bene alla tosse. È vero che poi gliela mise in conto, alla fine del mese, ma non per avarizia.

Vedova da chissà quanto, e con due figliole malmaritate per casa – vedova come lei la maggiore, di un campione motociclista che s'era ammazzato in corsa, nel quaranta se ben ricordo – la signora De Sio doveva tirare avanti coi quattrini delle camere mobiliate, che non sempre arrivavano puntuali. E non ce la faceva a tenere in ordine, perché le figliole non muovevano un dito: otto letti non sono uno scherzo, sono sedici lenzuola. Per questo la signora De Sio ce ne cambiava uno ogni quindici giorni: passava sotto quello di sopra, che si sporcava un po' meno e aggiungeva il nuovo.

Di mettere una stufa nella camera – il buco per passarci il tubo c'era – io e Carlone la pregammo un paio di volte, ma non fu possibile perché, disse la signora De Sio, poi anche gli altri avrebbero voluto il caldo. E il caldo, a parte la spesa della legna e il fumo e lo sporco che fa, oltre tutto mica giova alla salute come sembra. I raffreddori e le polmoniti si pigliano proprio quando in casa fa caldo, e si esce sudati per strada. Aldezabal per esempio aveva la bronchite cronica appunto perché lavorava allo sferisterio, caldo di radiatori, di fumo e di fiati. Era una brava donna, questa signora De Sio, sempre in casa a rattoppar lenzuoli e a lavare biancheria, da quando il marito le era morto, su in Val di Fiemme.

Certe sere mi raccontava dei tempi di Franz Joseph, l'imperatore alto, baffuto, col mantello bianco in groppa a un cavallo bianco, il giorno che venne a far visita ai suoi bravi sudditi italiani del Sudtirolo, e capitò anche al paese di lei, in Val di Fiemme. Dietro il suo cavallo venivano ufficiali bellissimi, tutti bianchi anche loro e col pennacchio, ben diritti in sella – il bustino portavano, questi ufficiali austriaci, per slanciare la figura – e al paese non si era mai veduta una festa così. Era un gran bell'uomo l'imperatore Franz Joseph, altro che quel gambecorte d'un italiano che avevano messo dopo la sua morte, e che lassù non si era mai fatto vedere.

Pagavano poche tasse, i sudditi italiani, la polizia quasi non c'era, soltanto due gendarmi boemi vecchi e coi baffi, che la sera giocavano a briscola col prete e col farmacista. Mentre dopo dall'Italia, giù, avevano cominciato a mandare questurini su questurini, piccoletti, neri e con gli occhi cattivi. Per non parlare poi degli altri vantaggi: il passaporto, per esempio, che ti portava fino a Vienna, fino a Budapest, fino a Cracovia in Polonia, senza bisogno di visti né di dogane. Certe sere di pioggia stavo anche un'ora a sentir parlare di Franz Joseph, che fu imperatore per cinquant'anni filati. Certo, anche quel gambecorte d'un italiano era rimasto sul trono cinquant'anni, ma cosa comandava, quel poveretto sposato con la montanara pecoraia, se a Roma c'era quell'altro, quello tutto nero, a fare e disfare ogni cosa?

La signora De Sio mi faceva accomodare in cucina, con quel po' di caldo della stufa economica, e intanto la figlia minore, secca e stirata e coi nervi a fior di pelle, o giocava al solitario o sculacciava la bambina: un anno ormai che era nata, ma quel pelandrone del fidanzato, oltre a tirare di scherma, un posto che fosse un posto non lo trovava mai, e senza stipendio e senza casa di sposarsi non se la sentiva. Poco prima di cena rientrava la sorella maggiore, la vedova del motociclista: tranquilla lei per quanto l'altra era secca e bisbetica, sorridente, con negli occhi un lampo d'ironia.

Il figliolo del motociclista l'aveva ficcato in un collegio di Vittorio Veneto, s'era trovato un commerciante all'ingrosso, che veniva su il sabato e le passava un bel mensile, abbastanza da star tranquilla, vestirsi bene, non fare nulla dalla mattina alla sera. La vedevo quasi sempre rincasare insieme a Franz il triestino, e tutti e due si mettevano subito a fare i complimenti alla vecchia De Sio, sempre fresca in viso nonostante i settant'anni, e con quella bella chioma bianca e pulita. Dopo cena giocavano anche una partita a scopa, e a Franz il triestino non mancavano le battute per tenere allegra tutta quanta la compagnia, mentre sulla stufa economica bolliva il pentolone con le castagne nuove da pelare più tardi, e berci sopra un bicchierotto di vino.

Verso mezzanotte anche le donne si coricavano, e Franz il triestino se ne tornava a casa sua, vicino alla palestra della pelota, a pensione da un'altra giovane vedova, che lo stava ad aspettare con l'orecchio teso e poi entrava nel suo letto. "Mi raccomando, Franz," diceva la vedova di via Palermo dopo aver fatto all'amore, "mi raccomando l'affitto. Siamo già al dieci e non mi hai dato una lira." La vedova distingueva fra gli affari e il piacere. Magari lui la stava ancora carezzando, nella distensione stanca che viene dopo, e lei, gli occhi umidi e fissi in aria, poteva sembrare che si gustasse quell'abbandono, ma invece: "Stamani hai telefonato, vero Franz? Non lo negare perché ti ho sentito. Guarda che ti segno le venticinque lire. Il mese scorso me l'hai dato il bidone, eh Franz? Erano trentasei le telefonate, l'ho visto dalla bolletta".

Ogni tanto la sera io uscivo con Franz il triestino,

a passeggiare per le strade dopo cena, a bere qualcosa in una tampa piena di fumo e di uomini con gli occhi rossi e il viso duro, bluastro, a cantare. Io cerco sempre la compagnia dei triestini, perché sono uomini franchi e ventilati, aperti e disponibili a influenze composite, slave, absburgiche, dalmate e veneziane. E poi Franz sapeva un mucchio di cose.

Per esempio fu lui a insegnarmi certe belle antiche canzoni di guerra, come quella del principe Eugenio nobile cavaliere che vuol riconquistare – ma meglio ancora *wiederkriegen*, come dice appunto l'originale – le città di Pest e di Belgrado. Così, circa il tre di luglio arriva una spia e dice al principe Eugenio *dass die Türken wollen Donau übertragen*, vogliono, 'sti Turchi, traversare il Danubio con trecentomila uomini, *Dreihunderttausend Mann*. Il motivo, che qui non posso riprodurre, ha un bell'andamento da coro gregoriano. Oppure l'altra di Carlo VIII il quale, promettevano i suoi alabardieri, *fera si grandes batailles qu'il conquerra les Itailles*, per poi entrare in Gerusalemme e salire sul Monte Oliveto. Nelle tampe e nei trani e nelle crôte piemunteise spesso si cantava, allora. Franz il triestino, io, il pittore Ettorino, e tanti altri.

Il pittore Ettorino suonava anche un po' la chitarra, e fui io questa volta a insegnargli la canzone del mio giardino con in mezzo la fontanella che butta l'acqua. Sulla prima *a*, sospesa, la nota va tenuta forte e lunga, e la canzone richiede fiato: "C'è l'a... c'è l'acqua fresca e bella, per annaffiar i fior". Anche Ettorino sapeva tante canzoni, la donna lombarda per esempio, o il Meazza che va a Tortona e ci trova una barbona per un franco, oppure l'altra del Coltellacci, anzi del Curtlass, che all'improvviso salta fuori come Priapo, e spaventa passeri, ladri, gente normale e persino gli amici, *cunt el bigol lung 'on brass*.

Poi Ettorino ammutoliva, vuotava il suo bicchiere, e dopo un po' attaccava a discorrere di pittura. "Tu dici che Dufy è un grande pittore. E va bene, Dufy è un grande pittore, Manet è un grande pittore, Monet è un grande pittore, Pissarro è un grande pittore, Cézanne è un grande pittore, Van Gogh è un grande pittore, Picasso è un grande pittore. Va bene, e poi? Poi cosa facciamo? Cosa faccio io? Ricominciare da più lontano, dici tu. Va bene, perché Mantegna è un grande pittore, Luini è un grande pittore, Caravaggio è un grande pittore... E poi? Poi cosa facciamo? Cosa faccio io?" E mi guardava come se la risposta io la sapessi. Invece non la sapevo e lui riattaccava: "Allora, come si diceva Fattori è un grande pittore, Lega è un grande pittore, Signorini è un grande pittore...".

E non la finiva più, triste e opaco con tutte quelle elencazioni. Fuori le strade si incupivano di nebbia, le case avevano serrato porte e finestre, e attorno ai lumi c'era un alone umido e fuligginoso. Gli omaccioni bluastri sonnecchiavano, col capo appoggiato al tavolo, le guance e il naso distorti e accesi dal vino. Anche al bar delle Antille si spegnevano le ultime stracche chiacchiere, fumavano lentamente le ragazze pallide, vestite di nero, coi capelli appiccicosi e i piedi sporchi di melletta. I quattro giocatori di tressette nemmeno litigavano più, soltanto la signora Gianna, seduta a un tavolo davanti a un gobbetto, in mano il grappino, mostrava i denti allungati dalla piorrea e continuava a insolentire: "Le cambiali. Lo so io la grana che mi tocca di cacciare, 'sto mese, per le cambiali. Questo paese di gesuiti. Ma lo sa lei che quest'anno ci sono stati ottocentomila aborti clandestini in Italia? Lo sa? Paese di merda".

II

Fu una rara domenica di sole, a novembre, che ricordo come fosse ora. Ti desta un organo di Barberia che suona *Scapricciatiello*, le note si rincorrono a cascata e salgono al terzo piano per bussare alla finestra, e Carlone si rigira mugolando sotto le coperte e si scopre e mostra il ciuffo dei peli sull'osso sacro. Di là sfaccenda la signora De Sio, la figlia minore sculaccia la bambina che strilla, anche i suoi strilli oggi suonano allegri perché è una domenica di sole. E strepita Franchino figlio del motociclista ammazzato, oggi l'han lasciato venire dal collegio di Vittorio Veneto a trovare la mammina, e la mammina oggi è contenta e contenuta e pudica proprio come si conviene a una brava mamma. In bagno c'è il fotografo Mario che sogna Parigi e canta *le rififi* e dimentica l'accusa della signora De Sio, che lui avrebbe intasato la tazza del cesso l'altro giorno. Si fa la barba e canta *le rififi* e io vedo la sua faccia bislacca con le gote spumose riflessa nel quadratino di specchio al bagno. Bello è vestirsi coi panni puliti, la camicia bianca che sa un poco di muffa, perché non l'hanno fatta asciugare a dovere con l'umidità di questi giorni, tempo infame. Ma si asciugherà più tardi addosso a me per strada al sole dove già sfilano le ragazze sempre col cappotto ma aperto davanti a mostrare il gonfio dei seni. Seni dico e non petto perché quassù il petto delle donne te lo puoi scordare, il petto voglio dire come uno zaino di ciccia, una sola cosa compatta e unita come hanno le donne di campagna. Seni, tette e tettine oggi sporgono dal cappotto un poco aperto per via del sole raro di questa domenica di novembre, la gente sorride. Il caffè oggi lo prendiamo doppio al bar delle Antille dove per fortuna non si fanno vedere i pittori capelluti e le ragazze nere coi piedi sporchi, ma soli noi due, io e Carlone a parlare delle parti nostre e di com'era la domenica laggiù, noi fermi in piazza del Duomo a guardare le ragazze col petto che escono dalla messa di mezzogiorno. Anche qui certo faranno le messe ma a guardare sul sagrato non c'è nessuno. Un discorso tira l'altro e si arriva passeggiando lemme lemme fino al tocco il tocco e mezzo quando spunta l'appetito e si decide di andare insieme al "Bersagliere" che con ottocento ottocentocinquanta lire ti dà la pastasciutta e la costata e magari anche un quartino di vino e una mela. La costata bisogna dire alla cameriera perché se dici bistecca ti dà la braciola e se dici braciola non ti dà niente, rimane lì incantata a dire prego signore. Bisognerebbe fissare per legge come si chiamano, in Italia e con un nome solo, i vari tagli della vitella, il lombo, la fesa, che non avevo mai sentito prima d'ora, la fesa francese, la piccata, la *paillard*, il portafoglio all'Attilio, l'ossobuco, il filetto, il controfiletto, il nodino, il biancostato e il magatello. Dopo, un altro caffè doppio e si rimane a ciondolare ai tavolini del bar delle Antille senza badare ai pittori capelluti e alle ragazze coi piedi sporchi, soltanto noi due, Carlone e io, vecchi compagni contubernali del numero otto terzo piano, amici come soltanto sono amici due uomini quando intorno c'è il pericolo. Come una notte di settembre, vicino a Lecce, quando scendevano rossi i bengala, grappoli dell'ira, uva della collera, insomma *the grapes of wrath* perché erano bombe inglesi, e fu Dodi a destarmi e mi vide le mani tremare e mi ci mise una sigaretta e la fumammo vicini accosto al muretto del vigneto, mentre di lassù scaricavano tonnellate di tritolo addosso ai tedeschi della Goering in fuga verso nord. Così ora con Carlone la sigaretta scambiata è un pegno di amicizia a difesa contro quest'altra collera grigia della città che si stringe attorno a noi e minaccia quest'isola nostra, appena oltre il tavolino nostro di ferro intravedi sotto la griglia scorrere impetuosa l'acqua della fogna che mina il tuo terreno e da un momento all'altro tutto può crollare, aprirsi una voragine che inghiotte noi e le Antille e tutta quanta la strada giù fino al palazzo della Braida Guercia. Resteremo noi due, Carlone e io, aggrappati a un relitto, travolti verso il fiume scuro della Vettabbia, dell'Olona, del Redefossi, ma intanto la sigaretta scambiata è pegno di amicizia, e nulla cancellerà mai questo pegno. L'amicizia di due uomini è più forte di una preghiera, sì, ma quando compare Anna e sorride nel sole, allora già in quell'amicizia qualcosa si è incrinata, perché io sono di Anna e Carlone sente che già nel pensiero io lo tradisco, perché un amico vero non sarà mai di una donna, una donna è sporca e insudicia persino le preghiere e Carlone sa che domani Anna sarà più forte di lui. Cupo ci segue giù per la strada e io so che per lui questo raro sole di domenica non brilla più, che in testa gli si è aperto un buco di buio, e così come a rinforzo chiama Ettorino, chiama un altro, perché il pugno di uomini amici sia più forte di quest'altra forza ora intervenuta, Anna bionda nel sole e grande e chiara. Io le stringo il braccio sotto il mio, fiero perché Anna è bella e tutti sappiano che è mia, soltanto mia. Ma gli altri tacciono, e continuano a tacere in casa dell'altro pittore, squallida e nuda tranne le due poltrone e la rete di ferro dove sediamo noi due felici tenendoci per mano, i pittori di là a mostrarsi le tele e Carlone accucciato per terra, le spalle contro il muro, in mano il bicchiere pieno a tirarne un sorso ogni tanto. Ettorino ha ricominciato con Dufy, Dufy è un grande pittore, Pissarro è un grande pittore, Utrillo è un grande pittore, ma i nomi si spezzano per terra come bicchieri e non resta più nulla. Nemmeno la canzone del Curtlass riempie più quel buco di buio in testa a Carlone cupo e tradito, solo il bicchiere può riempirlo quel buco, e allora io lo vedo saltare su e comincia il suo ua-da-da-ua, l'indice alzato, e dice vieni Anna balliamo. Anna gira e gira appesa in cima alla mano di Carlone, e la gonna ampia nera pieghettata fa una corolla attorno alla colonna delle gambe e lei ride e ride e ride, e Carlone saltabecca col suo ciuffo di pelo sull'osso sacro che è un residuo di coda, una coda anzi, io so che esistono uomini così in certe isole etniche cisalpine, uomini capri, uomini tori, uomini bestie che danzano alla sera, e sto a guardare col bicchiere in mano e penso che non ho una coda, perché sono uomo compiuto e adulto e civile, io.

Non fu così, certamente, ma così avrei potuto pensare e scrivere, dieci anni or sono, la serata in casa del pittore con Ettorino e Carlone. L'avrei pensata e l'avrei scritta come un bitinicco arrabbiato, dieci anni or sono, quando il signor Jacques Querouaques forse non aveva nemmeno imparato a tirarsi su i calzoni. L'avrei fatto, ma mi mancò il tempo e mi mancarono i mezzi.

Datemi il tempo, datemi i mezzi, ed io farò questo e altro.

Costruirò la mia storia a vari livelli di tempo, di tempo voglio dire sia cronologico che sintattico.

Farò squillare come ottoni gli aoristi, zampogna-re come fagotti gli imperfetti, pagine e pagine di avoivoevo da far scendere il latte alle ginocchia, sva-riare i presenti dal gemito del flauto al trillo del vio-lino alla pasta densa del violoncello, tuonare come grancasse e timpani i futuri carichi di speranza.

E se proprio volete, ve li farò sentire tutti insieme, orchestrati in sinfonia.

Vi mostrerò il muso della tinca, davanti alla fiocina del sub, cinquanta metri sotto il faraglione, per dissol-vere poi, lento, su quell'altro muso di tinca, quando lo aggredisce il raschietto del ginecologo.

Vi darò la narrativa integrale – ma la definizione, attenti, è provvisoria – dove il narratore è coinvolto nel suo narrare proprio in quanto narratore, e il letto-re nel suo leggere in quanto lettore, e tutti e due coin-volti insieme in quanto uomini vivi e contribuenti e cittadini e congedati dell'esercito, insomma interi.

Proverò a riscrivere tutta la vita non dico lo stesso libro, ma la stessa pagina, scavando come un tarlo scava una zampa di tavolino. Ricordo che dalle mie parti, appena faceva buio, dicevo allora, ma adesso sono poi ben certo che quelle parti fossero veramente le mie, e come e perché io dicessi parti, appunto mie, dopo il calare del sole?

Proverò l'impasto linguistico, contaminando da par mio la alata di Ollesalvetti diobò, e 'u dialettu d'U-curdunnu, evocando in un sol periodo il Burchiello e Rabelais, il Molinari Enrico di New York e il lamento di Travale – guata guata male no mangiai ma mezo pane – Amarilli Etrusca e zio Lorenzo di Viareggio.

Ma anche vi darò il romanzo tradizionale, con tre morti per forza, due gemelli identici e monocoriali e un'agnizione. Il romanzo neocapitalista, neoromanti-co o neocattolico, a scelta. Ci metterò dentro la monaca di Monza, la novizia del convento di ***, il curato di campagna e il prete bello.

Datemi il tempo, datemi i mezzi, e io toccherò tutta la tastiera – bianchi e neri – della sensibilità contemporanea. Vi canterò l'indifferenza, la disubbidienza, l'amor coniugale, il conformismo, la sonnolenza, lo *spleen*, la noia e il rompimento di palle.

Et dietro poteranno seguire fanterie assai, illese.

Ma tu, moro, mi stai a sentire?

A questo dunque m'ero ridotto? A chiedere aiuto al moro?

Una cosa sia subito chiara. Io non ho e non ho mai avuto pregiudizio alcuno contro i mori. Giuro che per un amico negro sarei pronto a giurare il falso, e anzi una volta l'ho già fatto.

Oltre tutto, perfettamente bianco non sono neppure io. Pochi lo sanno, ma la trisavola della mia bisnonna era, né più né meno, la Bella Marsilia, e se ne andava a far pinoli quella mattina del settembre 1799 quando i saraceni presero terra e devastarono tutta la contrada. Ventisette donne portarono a bordo di forza, quei pirati, e prima fra tutte per venustà la Bella Marsilia. Così bella che il sultano Alì ad-Kurtz la elesse favorita, e i figli presero il nome del padre, anche dopo tornati in Italia, fondando il casato degli Accorsi, come appunto si chiamava mia nonna Albina.

E nonna Albina – sotterrò il Guidi, nel quattordici, lui che tre mogli aveva già accompagnato al camposanto, dopo che ebbe popolato la Maremma di una mezza settantina di figlioli legittimi e no – la signora Albina, così alta, solenne, vestita di nero, quando fermava me bambino per strada e mi offriva il tamarindo, ogni volta mi prometteva un bel regalo, appena da Fez le fossero arrivati i quattrini dell'eredità, che era ferma in tribunale per la causa. Come posso avere io dunque pregiudizio contro i mori, se per linea materna un poco moro sono anch'io?

Né contro i mori, né contro nessuno. Casa mia è sempre stata aperta a tutti, e prima di avere una casa ho accettato persino di stare in subaffitto dai Fisslinger e lo so io che cosa mi hanno fatto patire, quei due, tedeschi nell'animo come erano, loro sud-tirolesi. In casa mia per un mese soleva venire un israeliano, certo Moshe Zuzim, a portarmi via dal piatto mezza pastasciutta, a chiedermi duecento lire per le sigarette.

Io cercavo di buttarlo fuori, di tenermi chiuso a chiave, perché a quei tempi mezza pastasciutta sottratta significava la fame, ma lui mi entrava dalla finestra, ostinato e muto ogni giorno, tranne il giorno che gli si sciolse la lingua e andò dal console del suo paese ad accusarmi d'essere una spia degli arabi, e poi dal mio padrone andò, il manigoldo, ad accusarmi d'essere una spia degli ebrei. Anzi, d'essere ebreo addirittura, come se fosse una colpa: avaro e vigliacco come un ebreo, diceva di me, che veramente ho la virtù della parsimonia e anche quella della cauta saggezza. E poi lo faccia visitare da un medico, guardi lei stesso, diceva il maledetto, e vedrà se non è circonciso come un ebreo. E questo è vero, anche se non per motivi religiosi.

Io ho avuto e ho amici ebrei e arabi, francesi e longobardi, abissini e apolidi, e ciascuno di loro testimonierà, spero. Un giapponese di San Francisco, cittadino americano dunque, che il governo aveva chiuso in campo di concentramento durante la guerra, e poi espulso dal paese per sospetta attività antipatriottica, ebbene, io me lo son tenuto in casa per un mese, lui e le sue tele, perché faceva il pittore, e lasciavo che tutto il giorno giocasse col gatto, per farsi vivo soltanto all'ora dei pasti.

Persino a qualche pisano io ho aperto l'uscio di casa – che è per proverbio azzardo pericoloso; a qualche pisano di quelli che dicono *gaodé rpeoro diputà*, e ogni tanto vengono su col sorrisino furbo a cercare lavoro. "Nciavresti mia nposticino da guadagnà bbene senza lavorà tanto? Sai omè, sule cencinquanta rmese? Giù, madonnarbuio, un si batte iodo. Un si trova nalira peffaccantà nceo." E se tu gli domandi cosa vuol fare, cosa sa fare – qui è un posto da specializzati, devi presentarti con le idee chiare e precise, so fare una cosa, quella cosa, e basta – se tu glielo domandi lui rimane a bocca aperta, spalanca gli occhi, ti punta l'indice contro: "Maffai la burletta davvero? Gaodé, un lo sai osa soffà io? Un mi onosci? Lo poi domandà a coso, ome siama, a coso no? Ir figliolo di Amedeo, quello che morì anno".

Anche a pesci simili io ho aperto l'uscio di casa, senza pregiudizio.

Se dicevo moro, poco fa, intendevo di fatto il padrone, la sua anima nera; il padrone che impunito strangola le mogli, e sempre va in giro portandosi dietro l'anima nera – ben più nera della sua – del critico che lo insuffla e gli mette le pulci nell'orecchio. Il moro dei drammoni, intendevo, il moro padrone che sbandona i putei negli orfanotrofi, che fa rinchiudere i consanguinei nei manicomi, che ogni mattina telefona al mago per l'oroscopo, compra un cavallo da corsa e licenzia dieci persone per far pari coi conti, intendevo il padrone moro Timber Jack che si fa pagare la pigione persino dalle tigri.

Essere ridotto a chiedere aiuto al moro è il peggio che potesse capitarmi. Perché infatti io non ero venuto su non dico per raccomandarmi ai mori, ma nemmeno per contare le dita ai bibliotecari, altrimenti mi sarei contate le mie, di dita, visto che al paese mio facevo appunto il bibliotecario.

Non ero venuto su per documentarmi sulla rotacizzazione della dentale intervocalica, o sulle vicende dei compagni di Gesù, no di certo. E nemmeno per farmi sbigottire dall'imperatrice Maria Teresa, né per controllare se Pietro Verri si lava puntualmente le ginocchia. Non ero venuto su per guardare l'osso sacro di Carlone, non per discorrere con Gazaga di Francisco Franco e dei *fascistas maricones*, o con la signora De Sio di quanto fosse dolce la vita sotto Franz Joseph; né per farmi insegnare da Franz il triestino la canzone di principe Eugenio e dei turchi al traghetto del Danubio, né per ascoltare Ettorino e le sue sfilze di pittori. Non ero venuto su per fare il verso al Querouaques. Soprattutto non ero venuto su per offrire i miei servigi al moro. No, e poi no.

La missione mia era ben altra.

Chi abbandona il giardino degli animali, dalla parte dove sono i recinti della capra nana, del llama, delle zebre, o le gabbie dei rapaci, fermi a pollaio con un'aria triste e contrita e umiliata da non far paura a nessuno, uscito da quel poco verde odoroso di bestia, deve subito badare bene a dove mette i piedi, sulla fettuccia di marciapiede minacciata dallo straripare del traffico e dalle gomitate di chi passa – contribuenti, per la più parte, perché lì dinanzi sorge il palazzaccio sporco delle tasse.

Raro perciò che si avveda del torracchione irto in cima di parafulmini, antenne, radar. Solo a tratti, quando fa specchio il sole su quel lucido, ti accade di levare gli occhi verso il torracchione di vetro e d'alluminio, di vedere una strada privata ingombra di auto in sosta, stranamente tacita in quel quartiere centrale,

di girare attorno all'isolato, scoprendo un'intera cittadella – tre o quattro torracchioni simili, di vetro, di
alluminio, di pietra lustrata.

Di solito non ci badi anche perché i palazzi attorno
gli vogliono assomigliare e giù verso la stazione altri
nuovi e maestosi ne sono sorti, sì che ormai in quel
punto la città è tutta un blocco militaresco, coi suoi
ponti levatoi, le sue muraglie imprendibili, i suoi camminamenti coperti, le sue aeree bertesche.

Ma l'esempio, ripeto, l'hanno dato i quattro torracchioni della nostra cittadella. Prima doveva essere diversa, forse somigliava di più al palazzo bugnato col
piano nobile e i balconi lunghi sulla facciata. Credo
che stiano ancora lì i cervelli, lo stato maggiore, e non
dietro i finestroni dove compaiono a tratti visi pallidi
di contabili chini sul fatturato, o stirate ragazzette con
le dita sulla tastiera, o tecnici occhialuti, vestiti come
farmacisti, al tavolo inclinato dei disegni.

No, i cervelli devono stare lì – nelle sale alte del
palazzo bugnato, le finestre basse a pianterreno coll'in-
ferriata a ghirigori, e allo stipite del portone un tripli-
ce occhio di vetro. Uno che entri di qui viene per virtù
elettronica segnalato, pesato e perquisito, e di sopra
si accendono tanti lumini colorati, e di te sanno subito tutto: chi sei, cosa hai in tasca, con quali intenzioni
arrivi. Me, naturalmente, non mi hanno mai fatto entrare, occhio elettronico a parte. Sapevano già da tempo – né io facevo nulla per nasconderlo – quale fosse
la mia missione.

Il segno è lì sulle porte, la piccozza e l'alambicco.
Anzi c'era, perché una notte di nascosto l'hanno leva-
to, e al suo posto ora c'è uno scarabocchio. Ma io lo
ricordo. Lo ricordo al bavero della divisa nera delle
guardie giurate, quasi tutte ex carabinieri e secondini
di Portolongone allontanati dal corpo per eccesso di

rigore, bluastri in faccia e con gli occhi cattivi. E il nome è di un paesino della Val di Cecina, che pochi hanno visto, e infatti molti preferiscono credere che il paese sia l'altro, l'omonimo, il famoso, dove da almeno un secolo i benestanti vanno a purgarsi.

Il paesino della Val di Cecina aveva nel 1888 una miniera di rame oggi abbandonata, una miniera piccola e primitiva, coi picconieri e i bolgiatori forse, senza laveria né processo di arricchimento per separazione idrostatica, questo è certo, ferma agli ordinamenti dell'Imperial Regia Magona. Non sul rame però è costruita la cittadella lucida che ha per segno la piccozza e l'alambicco.

No, la piccozza scavò giusto soltanto quando ebbe trovato il bisolfuro di ferro cristallizzante in dodecaedri regolari; e l'alambicco distillò giusto quando Michele Perret ebbe scoperto il processo delle camere di piombo. Il bisolfuro di ferro va frantumato nella misura di due tre millimetri, diventa cioè una sabbia granulosa e verdastra, che arrostisce ed esala gas solforosi, avviati verso le camere di piombo dove, a contatto con l'acqua e con la nitrosa, gocciola giù acido solforico. Più ne gocciola e meglio è, anche per la nazione, perché il grado di civiltà di una nazione, dice l'ufficio stampa, si misura dalla sua capacità di produrre e consumare l'acido solforico.

Un milione di tonnellate ne tirarono fuori, i bolgiatori e i picconieri delle mie parti, l'anno che scoppiò la seconda guerra mondiale. E con la guerra, chiusi i mercati del carbone centro-europeo e americano, veniva buona anche la lignite – ben cinquemila calorie, la migliore d'Italia – che scavano nella piana sotto Montemassi.

Non so se avete in mente l'affresco che dipinse Simone Martini al palazzo comunale di Siena, quello dove Guidoriccio da Fogliano, col suo cavallo bardato a losanghe nere e gialle, va all'assedio di Montemassi. Ecco, proprio dove nell'affresco sta Guido, ora c'è il villaggio degli operai, un grappolo di casupole e di camerotti sparsi in disordine, senza tracciato vero e proprio di strade, secondo le ondulazioni della breve piana interrotta dai cumuli dello sterile, dagli alti tralicci dei pozzi, dagli sterrati ingombri di materiale, travi di armatura, caviglie, panchini, bozze di cemento.

Sterile e fumo hanno bruciato il verde della campagna, sporcato le costruzioni – non risparmiando nemmeno gli uffici e la direzione – e tutto sembra sudicio e vecchio. Il terreno qua e là ha ceduto e certe case stanno in piedi per forza di cavi, altrimenti si sfascerebbero come se fossero di cartone. Ma ricordo che le famiglie ci resistevano, a forza di cambialette s'erano comprata la cucina economica e la radio, i giovani s'erano fatta la moto e la domenica andavano a Follonica per i bagni.

Subito dopo la guerra ci lavoravano tremilacinquecento operai, tra quelli del villaggio – gli scapoli ai camerotti, venuti da lontano, anche dalla Sicilia, dalla Sardegna, uno addirittura, Galletti Paolo, dalla Pennsylvania – e gli altri che con l'autobus della società scendevano ogni otto ore, secondo le gite, da Montemassi, da Tatti, da Roccastrada.

Avevano messo su un bel circolo, e alle feste da ballo del sabato venivano giovanotti anche dal capoluogo, la sezione del partito era sempre la prima nelle sottoscrizioni per il mese della stampa, e per il sessantesimo (c'era il culto della personalità, allora, ma nessuno ci faceva caso e anzi nemmeno lo chiamavano così); e la squadra di calcio stava per salire in serie C, perché potevano permettersi di comprare qualche riserva del Pisa e del Livorno, e di affidare i colori locali a un ragazzo in gamba come Goracci Enzo, mio compagno di scuola in quinta elementare.

Il guaio fu quando riaprirono i mercati dell'Europa centrale e di America, perché contro l'antracite polacca o statunitense (nemmeno scavata, quest'ultima: veniva via come niente, in superficie, sotto i denti delle draghe, fino a sette tonnellate uomo-giorno) cosa poteva fare la lignite – cinquemila calorie appena – delle parti nostre? E così cominciarono a buttarli fuori a centinaia per volta.

Certo, loro non stavano a guardare: uno sciopero di protesta laggiù durava anche cinque mesi e se mandavano la polizia, spesso se la vedevano ritornare a casa malconcia, le gomme delle jeep squarciate e i celerotti pesti e ammaccati. Dalla sede centrale – appunto la cittadella coi torracchioni lucidi – mandarono l'uomo delle accaerre, un tipo grosso e cupo, coi baffi e la moglie schizzinosa e scontenta di vedersi sbattere dalla mattina alla sera in un posto così, senza nemmeno un cinematografo frequentabile e per compagnia le mogli dei capiservizio.

Promozione, diceva il marito, ma non ci credeva nemmeno lui, perché restando su al torracchione di vetro e di alluminio, chissà quanti altri convegni avrebbe fatto, a Bordighera, Stresa, Riccione e conosciuto tanta gente utile, tanti tecnici del suo ramo, persino americani. Quaggiù invece... Chissà chi era stato a fargli le scarpe. Ma lui non si dava per vinto e rispondeva "Vedrai" quando la moglie insisteva che tutto sommato era stato un bel fesso, a lasciarsi bidonare in quel modo.

Intanto organizzò il circolo culturale per gli impiegati e i tecnici, e per dare il buon esempio fece una conferenza egli stesso, su García Lorca, e proiettò documentari dell'Usis sulle umane relazioni in Nordamerica. E non stava dietro la scrivania, lui: batteva la zona in macchina e in motocicletta, giocava a tennis con gli impiegati, trattava gli operai alla maniera loro.

"Se a qualcuno non gli va bene, esca, e facciamo a cazzotti," diceva togliendosi la giacca. "C'è nessuno che se la sente, di farsi una bella scazzottata?"

Intanto però il direttore urgeva: umane relazioni o no, dalla sede centrale mandavano a dire ogni mese che la miniera costava troppo, facevano i conti lassù, e trecentocinquanta tonnellate uomo-giorno rappresentavano una perdita pura. Raddoppiasse la produzione, subito, almeno settecento tonnellate per quest'anno, oppure cominciasse a cercarsi un altro posto.

Così quel baffone delle umane relazioni doveva ficcarselo bene in testa, che qui non era storia di rapporti fra uomo e uomo, fra operaio e dirigente e ditta, ma fra uomo, giorno e tonnellata. Lasciasse perdere García Lorca e i documenti dell'Usis e il prete di fabbrica (che oltre tutto era una spesa, perché si beccava, don Coso, il suo bravo premio di produzione, senza produrre una madonna) e cercasse semmai di far capire a questa gente che la direzione non ce l'aveva con loro personalmente – a parte il fatto dell'iscrizione al partito, motivo di per sé sufficiente a sbatterli fuori tutti – ma d'altra parte non poteva tollerare che lì, sotto Montemassi, si continuasse a tirar fuori, con tremilacinquecento operai, appena duecentoquarantamila tonnellate all'anno, e di lignite, poi.

Fin troppo comoda la vita di tutti quanti, sinora, con gli avanzamenti a giro d'aria completo, e la coltivazione per fette orizzontali, prese in ordine discendente, con ripiena completa. Diceva proprio così, l'ingegner Garbella, con quella circolare del trentanove. Ma cosa doveva diventare, secondo lui, la miniera di lignite, un salotto?

La ripiena, continuava l'ingegnere, sarà esclusivamente costituita da materia proveniente dall'esterno, o da lavori nello sterile, esente per quanto è possibile da sostanze carboniose, e dovrà essere messa in sito a strati successivi ben annaffiati e ben calzati sino al cielo dei cantieri. Sì, bravo l'ingegner Garbella. Ma che cosa si era messo in testa? Stava parlando di una miniera o di un vaso da fiori?

Per fortuna adesso al distretto minerario non c'era più lui a dettar legge, e con l'ispettore nuovo ci si poteva mettere d'accordo. Era tempo di finirla, con tutti quei lavativi a scarriolare terriccio fino alla bocca dei pozzi. Quando l'avanzamento ha esaurito un filone, che bisogno c'è di fare la ripiena? È tutto tempo perso, tutta gente che mangia a ufo. Si disarma, si recupera il legname, e poi il tetto frani pure. E non c'è nemmeno bisogno di tracciare gli avanzamenti a giro d'aria. Si può anche scavare a fondo cieco, basta un ventilatore che ci forzi l'aria dentro, no? Certo, la temperatura così aumenta, a volte supera i quaranta gradi, ma si può rimediare, con una tubatura che goccioli acqua davanti alla ventola.

Sì, obbiettava il medico di fabbrica, la temperatura in questo modo scema, ma aumenta l'umidità, e aumentano i casi di malattia a sfondo reumatico. Ma il medico dopo tutto era un ragazzo – mio compagno di scuola al liceo, figuriamoci – e si faceva presto a chetarlo. Caro il mio dottor Nardulli, cosa si credeva lei? Che questa fosse una villeggiatura in Riviera? Che qui la gente venisse per curarsi i dolori? I travasi di bile che si prendeva il direttore, a ogni circolare della sede centrale, se li curava forse, lui? Marcava visita? Si metteva in mutua? No, qui bisognava far meno storie e aumentare il tonnellaggio. E per favore, con le radiografie ci andasse piano, il dottorino. Non erano tempi, non era aria da mettere in mutua per una sospetta silicosi o per una diminuita capacità respiratoria del diciotto per cento. Cos'era questa smania delle statistiche, anche per i polmoni della gente? Respiravano, no? E allora?

Allora, con l'ispettore consenziente, misero ventiquattro cantieri su venticinque coltivati ad avanzamento cieco e a franamento del tetto, realizzando in tal modo, diceva la relazione, una normale concentrazione del personale. Rispetto al quarantasei, produzione pressoché identica con un terzo degli operai di allora. Certo, restava il grosso guaio della ventilazione imperfetta. Non occorreva che glielo dicesse la commissione interna – questi altri lavativi – lo sapeva da sé il direttore che il flusso d'aria non aveva andamento ascendente continuo, che due rimonte, la venti e la ventidue, facevano scalino, erano almeno venti metri più alte della galleria di livello, e lì l'aria stagnava.

Sapeva anche (ma la commissione interna questo, per fortuna, lo ignorava) che a un certo punto della 265 l'aria di afflusso si mescolava con quella di riflusso, e il regolamento di polizia diceva, chiaro chiaro, che le vie destinate all'entrata e all'uscita dell'aria debbono essere divise da sufficiente spessezza di roccia tale da resistere all'esplosione. Altro che spessezza di roccia! Lì non c'era nemmeno un foglio di carta. Fortuna che quelli non l'avevano capito. Certo, si poteva rimediare: da anni erano sospesi i lavori per l'apertura di una galleria nuova che garantisse la ventilazione di tutto il settore. Ma con quelli che dalla sede centrale premevano, circolari su circolari, a chiedere che non si sprecasse un uomo, una tonnellata, un giorno lavorativo, cos'altro poteva fare, lui direttore, che mettere tutti alla frusta, a tirar su lignite?

Non si prendeva un giorno di vacanza: l'aspiratore

nuovo, da sessanta cavalli, non l'aveva forse fatto piazzare la mattina del primo maggio, che era un sabato, profittando delle due giornate di festa consecutive, per dare tempo al cemento di far presa? Gli operai facevano festa, ecco; era la festa dei lavoratori, e lui – lavoratore come gli altri, o forse no? – l'aveva passata alla bocca del pozzo nove bis, con l'ingegnere e i muratori. Non era mica andato a spassarsela a Follonica o a sentire il comizio. Due giorni di festa per loro, due giorni di bile per lui.

Ma la mattina del tre la festa era finita, e allora sotto a levare lignite. Si erano riposati abbastanza o no, questi pelandroni? Eppure il caposquadra aveva fatto storie: diceva che dopo due giorni senza ventilazione, giù sotto, era pericoloso scendere, bisognava aspettare altre ventiquattr'ore, far tirare l'aspiratore a vuoto, perché si scaricassero i gas di accumulo. Insomma, pur di non lavorare qualunque pretesto era buono.

L'aspiratore nuovo, i gas di accumulo, i fuochi alla discenderia 32 – come se i fuochi non ci fossero sempre, in un banco di lignite. Stavolta era stufo: meno storie, disse ai capisquadra, mandate cinque uomini della squadra antincendi a spegnere i fuochi ma intanto sotto anche la prima gita. La mattina del giorno dopo, alle sette, la miniera esplose.

Rimasi quattro giorni nella piana sotto Montemassi, dallo scoppio fino ai funerali, e li vidi tirare su quarantatré morti, tanti fagotti dentro una coperta militare. Li portavano all'autorimessa per ricomporli e incassarli, mentre il procuratore della repubblica accertava che fossero morti davvero, in caso di contestazione, poi, da parte della sede centrale. Alla sala del cinema, ora per ora, cresceva la fila delle bare sotto il palcoscenico, ciascuna con sopra l'elmetto di materia plastica, e in fondo le bandiere rosse. Venivano a vederli da tutte le parti d'Italia, giornalisti con la camicia a scacchi, il berrettino e la pipetta, critici d'arte, sindacalisti, monsignor vescovo, un paio di ministri che però furono buttati fuori in malo modo.

Venne il povero Di Vittorio a raccomandare la calma e la moderazione. Non venne la celere e anche i carabinieri del servizio d'ordine si tennero accosto al cancello della direzione. Ai funerali ci saranno state cinquantamila persone, tutte in fila con le bandiere, le corone dei fiori, il vescovo con la mitra e il pastorale. E quando le bare furono sotto terra, alla spicciolata se ne andarono via tutti, col caldo e col polverone di tante macchine sugli sterrati.

Io mi ritrovai solo sugli scalini dello spaccio, che aveva già chiuso, e mi sembrò impossibile che fosse finita, che non ci fosse più niente da fare.

Nella bacheca al cancello stava scritto che alle famiglie delle vittime il ministero offriva contribuzioni straordinarie e immediate varianti dalle 60 alle 100 mila lire, oltre il normale trattamento previdenziale previsto dall'Inail. La direzione offriva assegni assistenziali di 500 mila lire e di un milione, secondo i relativi carichi familiari. A conti fatti ci scapitava una ventina di milioni. Ma in compenso poteva chiudere subito la miniera.

III

Ora appunto io venivo ogni giorno a guardare il torracchione di vetro e di cemento, chiedendomi a quale finestra, in quale stanza, in quale cassetto, potevano aver messo la pratica degli assegni assistenziali, dove la cartella personale di Femia, di Calabrò, di tutti e quarantatré i morti del quattro maggio. Chiedendomi dove, in che cantone, in che angolo, inserire un tubo flessibile ma resistente per farci poi affluire il metano, tanto metano da saturare tutto il torracchione; metano miscelato con aria in proporzioni fra il sei e il sedici per cento. Tanto ce ne vuole perché diventi grisù, un miscuglio gassoso esplosivo se lo inneschi a contatto con qualsiasi sorgente di calore superiore ai seicento gradi centigradi.

La missione mia, di cui dicevo pocanzi, era questa: far saltare tutti e quattro i palazzi e, in ipotesi secondaria, occuparli, sbattere fuori le circa duemila persone che ci lavoravano, chine sul fatturato, sui disegni tecnici e sui testi delle umane relazioni, e poi tenerli a disposizione di altra gente. Veramente nessuno venne a dirmi che questa era la mia missione, che dovevo fare così e così, ma era pacifico, toccava a me. Del resto bastava come mi guardarono, gli altri, salutandomi prima della partenza. "Fai la persona seria, mi raccomando. Ora sei in prima linea, lo sai?" E non era un rimprovero – che fino a quel momento fossi stato persona poco seria. No, era come quando una pattuglia scola il gavettino di cognac ed esce a notte dal camminamento coi tubi della gelatina e le pinze tagliafili. Al caporale che sta in testa dicono "in gamba, non fare il fesso", ma è un modo di dire. Che cos'altro, se no?

E mi bastava ricordare in che modo, dopo le prime settimane quassù di ambientamento e di esplorazione tattica, parlai col consigliere provinciale Tacconi Otello. Era d'agosto e io giravo in motocicletta per la piana sotto Montemassi. Poco prima del villaggio trovai appunto Tacconi Otello che spalava il breccino sulla strada. Piccolo, grosso, coi baffetti, in calzoni e camiciola, sudava, aveva la faccia lustra e quando mi vide si appoggiò alla pala e io scesi dalla moto, anche perché non m'aspettavo di trovarlo a quel lavoro.

Mi spiegò che l'avevano licenziato da sorvegliante in miniera per via di un comizio dove aveva denigrato la società, e ora s'era trovato un posto da stradino per conto della provincia. Ma poi in consiglio protestavano, perché c'era incompatibilità: dicevano che un consigliere non può avere un posto e uno stipendio dall'amministrazione. La società l'aveva fatto chiamare in sede centrale, e se ritrattava, se diceva che quelle parole le aveva dette così, nel fervore della lotta politica, magari l'avrebbero riassunto. Era entrato in cittadella a discutere, ma senza nulla di fatto.

"Tu ci sei stato, su?" mi chiese ansioso. "Hai visto com'è? Che ne dici, ce la faremo, eh, ce la faremo?" E mi fissava negli occhi. L'avevano capito tutti, tranne forse mia madre, che continuava a dirmi di non spendere troppo, e di farmi dare la casa. L'aveva capito anche Mara.

Mara con le amiche forse parlava in un altro modo,

con Ione, con Solidea, con Norma parlava di stipendio alto, di casa nuova, di feste, di vestiti da cucire, di persone importanti che avrebbe conosciuto quassù, ma sola con me era diversa. Passeggiando sulle mura a volte mi si aggrappava a un braccio, e le sentivo le ginocchia molli. Poi una sera si mise a piangere: "E io?" diceva singhiozzando. "Ora io cosa faccio? Ma non ci si stava bene, qui insieme? Perché te ne vai lassù? Cosa ci vai a fare, lassù?" La mattina pareva la solita di sempre: si levava alle sette, stava al mercato un'ora e più e quando io mi destavo era già rientrata e preparava il caffelatte al bimbo e a me. Le faccende, e poi il mangiare, le portavano via tutta la mattinata, dopo pranzo rigovernava subito, spazzava la cucina, con la radio accesa, e a sera uscivamo un'oretta insieme a passeggio sulle mura o per il corso o per i viali della stazione. Ma la notte io non sono sicuro che dormisse sempre e destandomi per caso, dal suo respiro capivo che lei era lì a occhi aperti a pensare che cosa avrebbe fatto, con me quassù. Il bimbo si agitava nel lettino e farfugliava nel sonno.

Il giorno della partenza vennero tutti e due alla stazione, e quando il treno cominciò a svoltare dietro la cisterna dell'acqua io la vedevo ancora, ferma sulla banchina, col bimbo che la tirava per la mano perché s'era annoiato e voleva andare a casa. A Mara non dissi mai della missione. E intanto andavo ogni giorno a dare un'occhiata al torracchione di vetro e alluminio, e se veniva a trovarmi qualcuno delle parti mie, io me li tiravo dietro fin là. Non dicevamo niente, ma anche lui capiva.

"Salutameli tutti quanti," gli dicevo poi mentre lui saliva sul tram per la stazione. "E se per caso vedi Tacconi Otello, digli così, che per quell'affare siamo intesi. Diglielo, mi raccomando." Ma intanto bisognava guadagnarsi lo stipendio e così avevo preso servizio.

Fra l'altro ero già in parola con un giornale per certe collaborazioni, così un giorno mi decisi ad andarci, telefonando prima al giovanotto che avevo conosciuto dalle parti mie, come inviato speciale. Qui però era diverso, molto efficiente e attivo. Mi chiese cosa sapevo e cosa volevo fare e io gli spiegai com'era stato lo scoppio del grisù, la questione dello scalino alle discenderie 20 e 22, il sistema della ventilazione e tutto il resto, per filo e per segno. Poi lui chiese:

"Quando fu?".

"Nel maggio."

Fece un gesto, come desolato. "Nel maggio, tu mi capisci, è invecchiata come notizia. A meno che non si trovi un aggancio di attualità, non so... un nuovo scoppio, un'agitazione. E in ogni modo andrebbe in pagina sindacale, una pagina non mia. A me semmai occorrerebbe una rassegna della stampa periodica. Già la sto facendo io, ma da solo non basto. Tu te la sentiresti di spogliarmi, non so, il settore sociologico? Io mi sono accollato la filosofia e la psicologia. All'economia pensa..." frugò in un cassetto e ne tirò fuori un appunto, "...sì, pensa Bertarelli. La sociologia invece sarebbe scoperta. Te la senti di occupartene?"

Io feci un mezzo cenno di assenso, mentre mi guardava in faccia con quegli occhi acquosi, e infatti riprese:

"Ma bada bene, qui si tratta di prendersi un incarico preciso, da svolgere puntualmente, mese per mese".

"Ma sullo scoppio non ti serve niente? Io sarei informato..."

"Te l'ho detto," fece, impaziente. "È una notizia invecchiata, e poi andrebbe in pagina sindacale. Vuoi farlo o no, questo spoglio della stampa periodica, per il settore sociologico?"

Gli dissi di sì, lui fece "bene", si alzò, mi tese la mano, e con un sorriso diaccio mi congedò: "Allora d'accordo, caro amico, e buon lavoro".

Il posto mio, quello fisso, però era un altro. Andavo tutte le mattine nella redazione di un quindicinale dello spettacolo, diretto da un signore chiamato il dottor Fernaspe. Anche lui era un tipo efficiente e attivo, sempre indaffarato con i menabò, in mano la penna e un pezzo di spago con cui misurava la lunghezza del piombo riportandola poi sulle colonne dell'impaginato.

"Una, due, tre, quattro colonne," mi diceva mostrandomi come si lavora. "Avanzano otto righe. Fammi il favore, va' di là e taglia" e mi porgeva il mazzetto delle strisce di bozza.

"Poi fammi un sommario e un titoletto. Insisti sulla censura, e fai anche un accenno all'autocensura. Garbato, mi raccomando. Magari poi spiega bene nel sottotitolo."

Prima di cena scendevamo tutti insieme, con Corrado e la Marina, a prendere l'aperitivo – lo offriva quasi sempre lui, Fernaspe – e io ne approfittavo per parlargli dello scoppio. Mi stava a sentire annuendo gravemente, sempre, e una volta anzi mi disse:

"Vedi, è un buon tema, e sono sicuro che tu sapresti svilupparlo bene, ma stai attento, perché c'è il pericolo di cadere nel solito neorealismo".

"Come sarebbe?" gli chiesi.

"Sì, tutte quelle gallerie, le case pericolanti, i minatori in attesa fuori del pozzo. C'è il pericolo di cadere nella cronaca di un certo tipo. E ora invece noi ci stiamo battendo per il passaggio dal neorealismo al realismo. Dalla cronaca alla storia. Tu hai visto *Senso*, vero?" Feci cenno di sì, lui prese un'oliva dal bancone e continuò:

"Lì c'è già un netto accenno di passaggio dal neorealismo al realismo, dalla cronaca alla storia. *La terra trema* è un classico, no? Un classico del neorealismo. Insomma più avanti non si va, col mondo del lavoro, i pescatori, la presa di coscienza dei loro problemi eccetera. Il verismo di Verga diventa neorealismo e si esaurisce così. Il tuo tema, stando almeno a come me lo presenti, è sempre nel vecchio filone neorealista, e perciò è superato. *Senso* invece segna una svolta e un nuovo avvio, è già realismo, già storia. Da Boito, attraverso Fattori, si arriva alla constatazione della fine di un'epoca, che richiama la fine della nostra epoca". Abbassò la voce e sorridendo, quasi una confidenza, aggiunse: "Perché il tenente Mahler in fondo è lui".

"Lui chi?"

"Visconti, no? Tu ricordi, no?, ricordi le parole del tenente Mahler. *Che cosa mi importa se oggi i nostri hanno vinto in un posto chiamato Custoza*, eccetera. Mahler è consapevole della fine degli Absburgo, come Visconti è consapevole della fine della società borghese."

Io volevo obbiettargli che allora (nel 1866), il tenente Mahler non poteva essere consapevole della fine degli Absburgo (fu nel 1918, più di mezzo secolo dopo); e che la battaglia di Custoza fu chiamata così attorno al 1868, da uno storico militare di cui ora mi sfugge il nome (ma in quel momento lo sapevo); perciò Mahler, la sera della battaglia, e standosene a Verona, e ubriaco per giunta, e a letto con una donna, come faceva a sapere che c'era stata la battaglia di Custoza? Ma non ebbi tempo di dirglielo perché lui doveva scappare a casa, e poi a una conferenza sul realismo.

La mattina dopo eravamo di nuovo tutti in redazione, Corrado, la Marina e il fattorino, a contar righe e a far titoli e sommari. Il dottor Fernaspe arrivava trafelato e serio verso le dieci, chiamava di là uno di noi, gli affidava un articolo da passare o un titolo da comporre.

"Qui fai notare che Renoir non ha seguito la strada indicata da Thomas Mann," diceva, oppure: "Bisogna mettere in rilievo l'involuzione di Rossellini."

Coi primi freddi avevano acceso i caloriferi, e nella stanza quadrata c'era un caldo secco e calcinoso che impastava la bocca, così ogni tanto il fattorino doveva scendere al piano sotto e prendere una caraffa d'acqua.

Appena usciti per strada ci investiva il fiato umido delle prime nebbie. Andavamo in uno dei ristoranti di Altopascio (o della Chiesina o del Ponte) che sono numerosi lì attorno, col cameriere dall'accento versiliese che ci faceva sempre ridere:

"Delafìa, dottore," diceva sempre portandomi gli spaghetti. Dopo non c'era molto da scegliere: o la pelota basca o una fiaschetteria lì accanto, con l'insegna "Vini sardi" e tre o quattro tavolini segnati dal vino e dalle cicche, e a volte un giovanotto biondo che suonava la chitarra. Spesso ci veniva anche Franz il triestino, e cantavamo qualcosa, davanti a noi la bottiglia della vernaccia.

Nella stanza al numero otto terzo piano cominciava a farci freddo, i mattoni del pavimento sputavano il rosso, sporcando il risvolto dei calzoni al momento di levarseli. Mi ficcavo sotto le coperte, aspettando che rientrasse Carlone, poi prendevo sonno e quando arrivava lui (magari alle quattro del mattino, quando già si era sentita la tosse di Aldezabal) per non svegliarmi non accendeva la luce, e a tastoni cercava il letto, ma ogni volta, così alla cieca, prendeva a calci le gambe dei tavolini, o la sedia, o il vaso da notte abbandonato sotto il letto, e così mi svegliava lo stesso.

Al mattino di nuovo a lavorare dal dottor Fernaspe, che entrava trafelato verso le dieci, trovandoci chini sul mazzetto delle bozze. La trafila era sempre la medesima: lunedì passare gli articoli e contarli, battuta per battuta. Martedì menabò, ma a quello ci pensava il Fernaspe, col righello, la matita e lo spago: qui la fotografia, qui il testo, qui il titolo e il sommario. Giovedì prime bozze da rileggere: Fernaspe le misurava un'altra volta col solito spago e ordinava a noi di tagliare i testi perché entrassero nel suo impaginato.

"Titoletto su tre colonne," mi diceva poi, "sommario di quattro righe. Giustezza venticinque, fanno cento battute esatte. Senza spezzare parole, mi raccomando. La fotografia va tagliata perché entri qua."

E io subito mi mettevo al lavoro, a sillabare la frase del sommario, a contarla e ricontarla, perché con Fernaspe non c'erano storie, dovevano essere cento battute in tutto, fra bianchi e neri.

Riunito a Roma il congresso nazionale delle cineteche, già cinquantaquattro battute erano; con le residue quarantasei bisognava dire gli scopi del congresso: *per la difesa del nostro patrimonio artistico*. Quarantasei battute esatte, però diceva assai poco, era un sommario grigio. Ne preparavo un altro più vivo, poi tanto avrebbe scelto il Fernaspe.

Centottanta "pizze" di pellicola andranno perdute, se il governo non dà i mezzi per conservarle. Novantaquattro battute, contandoci anche il punto in fondo. Le altre sei per arrivare a cento dove le pescavo? Un *che* dopo pellicola mi guadagnava due spazi (non tre perché la virgola saltava); altri due spazi potevo guadagnarli mutando il *dà* in *darà*. *Se il governo non darà*, che sintatticamente è anche più preciso. Novantaquattro, novantasei, novantotto. Ancora due battute, le solite ultime due battute che non si pescavano mai.

Forse la cosa migliore era che in tipografia spaziassero un poco di più. Mostravo i due sommari a Fernaspe, e lui mi diceva che quel *pizze* era un poco audace, e poi non tutti capiscono cosa sono queste pizze, c'è il pericolo d'un equivoco, nonostante le virgolette. Così finiva per scegliere l'altro sommario, un po' grigio forse, ma più chiaro.

Il sabato arrivavano i bozzoni dell'impaginato. In tipografia al solito avevano fatto le spaziature a capocchia, così da una parte avanzavano dodici righe, da un'altra ne mancavano sette, e per tutto il giorno noi bisognava qui tagliare, là aggiungere, e poi rifare da capo tutti i sommari, sempre per via di quei lavativi di tipografi. Il Fernaspe si attaccava al telefono e lo sentivamo urlare insulti, mentre noi si continuava a tagliare e ad aggiungere.

La sera tardi il numero era congedato, e noi avevamo tutti la bocca arsa dal fumo e dal caldo calcinoso della stanza. Il Fernaspe ci offriva l'aperitivo, sostava cinque minuti a rispiegarci il passaggio dal neorealismo al realismo, e poi filava a cena, perché dopo c'era o una conferenza o una prima.

Il torracchione di vetro e alluminio intanto era sempre lì, immobile in mezzo al traffico. Della missione io per un po' non seppi a chi parlarne, timoroso di sentirmi rispondere o che la notizia era invecchiata, o che stessi attento col pericolo del neorealismo. Ma poi un giorno conobbi la vedova Viganò, che la pensava come me e lavorava proprio dentro alla cittadella. A una rivista specializzata, mi spiegò. Specializzata e inutile.

"Mi hanno isolata, capisci? Sanno benissimo che se mi tengono a contatto con gli altri, io glieli organizzo sindacalmente, e porto avanti la nostra lotta. Così un poco alla volta mi hanno messa in quel cantuccio, io sola con un vecchio sordo e svanito. La rivista esce ogni tre mesi, e tu che conosci il mestiere sai che per farla bastano dieci giorni. Per loro io sono uno scapito puro, ma preferiscono così."

"Non ti licenziano?"

"Eh no, perché tu sai lo scandalo che succederebbe, se buttassero fuori una come me, vedova di guerra. Ci sarebbe pronta la campagna sul piano nazionale. Mi hanno anche offerto una liquidazione doppia del dovuto, purché me ne vada subito, ma io non mi muovo."

Io le chiedevo informazioni tecniche sulla struttura dell'edificio, sulla posizione degli uffici, possibilmente una pianta; soprattutto mi premeva sapere come si potessero raggiungere le stanze della direzione centrale, quali gli orari, quanto forte la vigilanza notturna. Non si poteva, perforando qualche muro divisorio, far giungere il tubo fin sotto il tavolo dell'amministratore delegato, in modo che lo scoppio partisse proprio da lì?

"Scoppio di che cosa?"

"Di metano miscelato con aria, in proporzioni non inferiori al sei per cento né superiori al sedici."

"Ma di', che studi hai fatto, tu?"

"Filosofici."

"E dove hai preso queste nozioni di chimica mineraria?"

La Viganò si divertiva a sentire i miei discorsi, ma quando poi capì che dicevo sul serio, che veramente pensavo a uno scoppio di grisù, e in linea subordinata a una occupazione forzosa dell'edificio, con grande pazienza si mise a spiegarmi che questo era un atteggiamento opportunistico.

"Come opportunistico? C'è da lasciarci la pelle."

"E che vuol dire la pelle? Opportunista è chiunque abbandona la linea del partito per sostituirvi il proprio tornaconto individuale."

"Tornaconto? Ma che cosa me ne viene in tasca, a

me, da un'esplosione di grisù? Se salta per aria il torracchione io non ci guadagno proprio un bel niente, lo sai?"

"Materialmente non ci guadagni nulla, lo so, ma se lo fai tu affermi una tua linea individuale, una tua ideologia personale, contro quella del partito, e sei un deviazionista, un opportunista."

"E allora cosa dobbiamo fare?"

"Come, lo chiedi a me? Mi sembra chiaro: condurre insieme la lotta comune, giorno per giorno. Eh, se tutto si risolvesse con uno scoppio, sarebbe comodo. L'epoca degli anarchici è finita, tu lo sai meglio di me, storicamente superata. Del resto i colpi di mano isolati non hanno mai dato nessun frutto. Oggi la lotta è delle masse. In parlamento, sui luoghi di lavoro, ciascuno al suo posto."

Forse parlava un po' addottrinata, ma era una brava signora, questa vedova Viganò, e mi aveva preso in simpatia, come se fossi un ragazzo un poco discolo, ma in fondo buono; era quasi sempre lei a offrirmi il caffè, quando ci incontravamo per strada. Mi domandava della nostra lotta in difesa del realismo, mi raccontava qualche aneddoto della sua vita all'interno del torracchione – il servilismo dei dipendenti, come aveva risposto al direttore del personale, una dattilografa licenziata in tronco perché trovata in possesso di un giornale di sinistra – e intanto io continuavo a contare le battute dei sommari, a dormire al terzo piano del numero otto insieme al fotografo Carlone, a mangiare ai ristoranti di Altopascio, e a cantare ai "Vini sardi".

Due volte alla settimana scrivevo a Mara: sto bene, c'è molto da lavorare ma me la cavo, anzi ne son contento, tutti mi stimano e mi vogliono bene, mangio con appetito, non fumo molto e a parte il freddo e l'umido mi trovo a mio agio. Ho conosciuto molti amici nuovi e simpatici e un giorno te li presenterò. E lei rispondeva puntuale, due volte alla settimana, con la sua scrittura che pende all'indietro: anch'io sto bene, il bimbo ha avuto la tonsillite ma non ti preoccupare. Grazie dei soldi, la vita aumenta ma ce la farò.

Con me lontano aveva ricominciato ad andare a messa la domenica, per il resto non usciva quasi mai, badava soltanto al bimbo e alla casa. Lui adesso voleva dormire nel letto grande, aveva preso questo vizio e non c'era verso di farglielo smettere. Cresceva in fretta, il bimbo, e bisognava stargli dietro perché si sa come sono fatti i ragazzini di quell'età, crescono, allungano, spigano, e sono esposti alle malattie, la tonsillite, le bronchitelle, i febbroni della crescenza. E poi bisogna seguirli negli studi, perché oggi senza studi, senza un titolo, non si combina più niente nella vita e se le basi sono buone dopo vanno avanti da sé, ma se uno non ha fatto bene le elementari, se non ha imparato l'analisi logica, si ritrova nei pasticci, dopo, col latino. I figlioli sono un gran pensiero, è sempre stato così. Ogni tanto mi scriveva anche mia madre, per chiedermi se la casa me l'avevano data, come promesso, e se fumavo troppo.

E io stavo al terzo piano del numero otto con Carlone, invece. Certe volte la domenica mi portava con sé a studiare qualche servizio fotografico: le ballerine di via Passerella, povere figliole anche loro, magre e rifinite dalla fame, con duemila lire a serata in tutto, più si capisce le marchette; oppure l'osteria di via Lanzone, dove vanno i vecchi patiti della lirica a cantare *chi mi frena in tal momento*. Siedono ai rustici tavoli di legno, mangiando salame e bevendo vino, e poi a un tratto uno attacca *la donna è mobile*, accompagnato da un vecchio pianoforte verticale, e tutti applaudono. Oppure la fiera della roba usata, con tanti oggetti che credevi scomparsi, uno scaldino di rame, una pistola ad avancarica, con tanto di bacchetta; o l'edizione, incompleta purtroppo, di *Fantômas*. Aspetti insomma della città, vecchia e nuova, vicini a scomparire o non ancor nati.

Carlone dunque, i pittori capelluti delle Antille, i fotografi affamati del numero otto, le ragazze nere coi piedi sudici, i ragionieri che uscivano in branco, avviliti e crucciosi, dalle banche e dagli uffici di vetro e alluminio, i colleghi della redazione, Corrado, Marina, Franz il triestino, i pelotari. Ma io avrei voluto conoscere altra gente, diversa, che certamente doveva esserci, in città.

Ci doveva pur essere, in città, l'equivalente di Tacconi Otello, consigliere provinciale e attualmente stradino sotto Montemassi. Franz il triestino a volte mi favoleggiava di operai grandi e grossi, che limano la ghisa con le mani, da quanto le hanno callose, ma non era facile vederli, almeno per me che entravo in redazione alle nove e ne uscivo alle sette di sera.

Gli operai limatori di ghisa con le mani arrivavano infatti ogni mattina alle sei coi treni del sonno, mangiavano bivaccando in fabbrica, e ripartivano con gli stessi treni prima delle sei, ogni sera così. Anche soltanto per vederli bisognava essere alla stazione o la mattina presto o nel tardo pomeriggio, e per me questo era possibile o il sabato, o anche gli altri giorni, ma solo a costo di levarmi all'alba. O forse meglio, a costo di non andare a letto per niente, restarsene in giro con Carlone tutta la notte, prima nei bar ancora aperti, poi per le strade livide, all'ora in cui cominciano gli spazzini a innaffiare e a dar di granata.

Alle cinque cominciano a entrare i primi treni in stazione, e a buttar giù battaglioni di gente grigia, con gli occhi gonfi, in marcia spalla a spalla verso il tram, che li scarica all'altro capo della città dove sono le fabbriche. Per due, tre minuti, sotto le volte della sala biglietti sfilano a passi lesti, poi tutto ritorna vuoto e silenzioso, fino al prossimo treno, al prossimo sbarco di gente assonnata e frettolosa. Non puoi fermarne uno, chiedergli come si chiama, che cosa fa, se è vero che lima la ghisa con le mani, come dice Franz il triestino. Li guardi e sono già sfilati via senza voltare gli occhi attorno.

E anche più fretta hanno la sera, perché c'è la paura di perdere il treno, un treno qualunque sempre disponibile perché tu lo perda, e poi ti tocca aspettare mezz'ora il prossimo, ed è mezz'ora sottratta al sonno. Anche se dall'orologio è chiaro che non ce la faranno, gli uomini grigi e intabarrati, con una sciarpa di lana al collo, o il passamontagna calato sugli occhi, non rallentano la marcia verso la banchina dei treni, e continuano ad arrancare anche quando il convoglio si è messo in moto, e gli vanno dietro ostinati e febbrili.

Succede che qualcuno metta il piede in fallo e finisca sotto le ruote; e gli altri allora si affacciano al finestrino per vedere a chi è toccata, poi si rimettono a sedere. "L'era il Gino," informa uno, nel silenzio. Io mi chiedevo se ci fosse modo di conoscerli, questi compagni di Tacconi Otello, di parlarci, superando la difficoltà dei dialetti, di allearsi con loro, perché senza questa alleanza, lo capivo, la missione mia non sarebbe mai andata in porto.

Ma era possibile questo, con i rispettivi orari così scombinati? E se non era possibile, avrei dovuto continuare a passar la giornata fra la redazione, le Antille, il numero otto di via della Braida, lo sferisterio della pelota e la cantina dei vini sardi. Ne parlai persino con la vedova Viganò e lei mi disse che queste alleanze sono possibili solo in sede di concreta attività politica.

"Se li vuoi incontrare, fai vita di sezione, come me."

"Tu in che sezione sei?"

"Di centro."

"E ci sono molti operai?"

"No, purtroppo, è una sezione di ceti medi: impiegati, assicuratori, rappresentanti, cassieri di banca."

"Ma allora è inutile."

"No, non è inutile, perché la sezione ti dà sempre la concretezza della lotta politica, e la lotta politica è una sola, nostra e degli operai."

Ma intanto la vedova Viganò continuava a resistere nel suo cantuccio isolato, alla rivista specializzata trimestrale, e a battersi contro la direzione che voleva buttarla fuori a tutti i costi, anche a costo di triplicarle la liquidazione.

IV

Che bisognava fare vita di sezione lo diceva anche Anna, del resto. *La sezzione der partido*. Anna era stata in carcere, qualche giorno alle Mantellate, sotto minaccia di imputazioni piuttosto gravi: resistenza alla forza pubblica, ostruzione del traffico, ingiurie a pubblico ufficiale. In sostanza era stata una dimostrazione contro un generale americano accusato di far buttare dagli aeroplani mosche e pulci e pidocchi infetti di peste. Anna era con gli altri a tirare giù la pertichetta dei tram in pieno centro, e c'è da immaginarsi che confusione può succedere, con cinque o sei vetture ben scelte, bloccate a un quadrivio.

Cantavano, urlavano insulti ritmati al generale della peste, spostandosi in massa da un cantone all'altro, a ondate. Poi arrivò la celere, diedero l'intimazione di circolare e attaccarono a pestare coi manganelli. "A quelli gli piace di menare," mi spiegava Anna. "Menano perché gli piace, lo sai? Ma tu li hai visti che facce hanno? Gli piace di menare."

E siccome lei opponeva resistenza, diceva io vado piano perché mi fanno male le scarpe, quelli avevano menato anche lei, sul groppone, e con un'altra ventina di ragazze l'avevano caricata sul furgone per portarla alle Mantellate. Impronte digitali, la Wassermann del sangue, insomma le avevano trattate come delinquenti comuni, come mignotte. "Noi siamo le politiche," precisavano le ragazze, e dai cameroni giungeva poi il loro canto, e le minacce, che presto sarebbe venuto Baffone a sistemarli. Le tenevano in custodia secondine e monache, e Anna si vergognava anche, perché, come al solito, con quel trambusto le sue cose avevano anticipato, e come si fa a presentarsi a una monaca a chiedere i pannolini?

Anna era fanatica e settaria, bisogna riconoscerlo, ma senza cattiveria dottrinale, e aveva una seria competenza in fatto di tecnica insurrezionale. Me ne accorsi il giorno che la conobbi, quando sentimmo il sibilo delle sirene. Potevi benissimo scambiarle per il fischio dei pompieri o della croce rossa, invece Anna capì subito che era ben altro, e me lo disse; tanto vero che un momento dopo all'urlo delle sirene si mischiò il grido ritmato dei dimostranti che volevano la pace.

"Cos'è?" feci io.

"Dimostrano contro il riarmo tedesco."

Infatti la colonna avanzava compatta verso la piazza del Duomo, ma senza bandiere e nemmeno cartelli.

"È una dimostrazione improvvisata," spiegò Anna.

"Vedrai che domani la rifanno più in grande e coi cartelli. La parola d'ordine dovrebbe essere *no al riarmo tedesco*, ma come fai a gridarla? Pace è più semplice, ma anche più generico. Ora vieni che ci ficchiamo dentro anche noi due."

Mi prese per un braccio, facemmo il giro di un isolato, e ci ritrovammo proprio in mezzo alla colonna, e di lì si vedevano le camionette rosse, già pronte, con il commissario che doveva intimare lo scioglietevi. Lo urlò appunto quando la colonna fu a mezza via, esitante, ma poi le camionette si mossero, urlarono di nuovo le sirene.

"Via," mi disse Anna, prendendomi ancora per mano. Quando le camionette furono alla nostra altezza noi entravamo in una farmacia.

"Comprati un cascé, svelto." E lei rimase dietro la vetrina a guardare il carosello.

"È improvvisata, diretta male," disse ancora quando le fui accanto. "In queste dimostrazioni non si avanza in colonna."

"No? E come allora?"

"Si arriva alla spicciolata, da soli o al massimo in due o tre, e si fa finta di essere lì per caso. Poi all'ora precisa tutti su un cantone. Si tirano giù le pertichette dei tram. Si urlano le parole d'ordine, si fa caciara."

"Com'è che la polizia è arrivata prima di loro?"

"Succede sempre. Qualcuno l'avvisa. Sempre."

"E chi?"

"Le spie ci sono dappertutto, non lo sai?"

"Anche tra voi?"

"Certo."

"E voi non ci fate niente? Non le conoscete?"

"Certo che le conosciamo. Ma in questi casi ci fanno comodo."

Sul sagrato, sotto il monumento, s'era formato un gruppo di dimostranti, con un poliziotto in mezzo. Forse stavolta ne buscava lui.

"Perché comodo?"

"Certo. Se non fosse la spia ad avvertire i poliziotti, converrebbe avvertirli noi."

"E perché?"

"Nel caso di dimostrazioni come questa, bada bene. Se non c'è scontro con la forza pubblica, la gente non si accorge neppure dell'agitazione, lo capisci? Perde di efficacia politica."

"Insomma mandate la gente a buscarle?"

"Non sempre. Vedi là, quel celerino? Lo stanno pestando. Quando si può picchiare, si picchia anche noi."

"Anche le donne?"

"Si capisce. Anzi, specialmente le donne. Perché in tribunale, dopo, come fa la polizia ad ammettere di averle prese da una donna?"

"E come picchiate, con la borsetta?"

"Macché. Coi piedi."

"Coi piedi?"

"Sì. Coi tacchetti pestoni, di punta calci negli stinchi. Ma anche meglio si fa col ginocchio."

"Col ginocchio?"

"Sì. Quando il poliziotto ti prende per un braccio e sta di fronte, basta alzare il ginocchio, e lo colpisci al basso ventre."

"Ma funziona?"

"Altro che. Ne ho visti stendere una decina in questo modo, da ragazzette che a vederle non gli daresti due soldi."

Passarono sotto i portici due poliziotti col viso pallido e cattivo, in mezzo un uomo basso e atticciato, col giubbotto di pelle.

"Un operaio dev'essere," feci io.

"Sì. Bei fessi."

"Come, bei fessi?"

"Sì, non ci sanno fare. A una dimostrazione per la pace non si manda gente vestita a quel modo."

"Ma se è un operaio?"

"Si mette il vestito della domenica, l'operaio."

"Perché?"

"Vedi, se fosse una dimostrazione pei salari, allora sì che andrebbe bene il giubbotto, ma questa è per la pace, e rivolta, come propaganda, ai ceti medi. Ai ceti medi si deve dare la sensazione che a dimostrare è gente come loro, e che la polizia picchia anche gente come loro."

Il chiasso si era allontanato e uscimmo dalla farmacia. I dimostranti ora gridavano in gruppo sugli scalini del duomo, dove le camionette non potevano salire. Prendemmo anche noi da quella parte.

"Cammina piano," disse Anna, "e prendimi sotto braccio. Dobbiamo figurare come una coppia."

Non mi parve vero, ed ero orgoglioso di sfilare davanti alla gente eccitata con sottobraccio una bella figliola così. Me la guardavano tutti: aveva i capelli biondi annodati sulla nuca, e teneva alto il viso piccolo e chiaro, le mani ficcate nelle tasche del cappottino. Agli scalini del duomo si fermò e gridava insieme agli altri pace pace, ora che la polizia stava più lontana. Ma subito tornarono, e lei mi tirò per il braccio fin dentro la chiesa, altissima e semibuia, per uscire dalla porta laterale.

"Non ho niente da mettermi in testa," fece. "È male."

"Perché?"

"Perché se mi vedono uscire così, senza un cappello, un velo non so, un fazzoletto in testa, lo capiscono che non sono una fedele, che qui dentro ci sono entrata apposta per nascondermi."

Ma per fortuna non badarono a noi, sembravamo proprio una coppia, una bella coppia, e io fui ancora orgoglioso, di avere con me Anna, e che tutti me la guardassero. Pensai che sarebbe stata bene, Anna, dritta con le gambe robuste, dietro una barricata, proprio lì all'imbocco della Galleria. Glielo dissi, fingendo di scherzare, e invece lei mi prese sul serio.

"No, guarda, barricate no. E in quel punto, poi..."

Mi spiegò come succede uno scontro armato per strada, me lo spiegò bene, tanto vero che poi ne ho trovato conferma sui testi specializzati.

Oggi non si fa più la barricata, perché è un bersaglio troppo esposto e con le armi moderne te lo spazzano via in un momento. Basta un cannoncino da quarantasette a buttare giù ogni cosa, e quelli che ci stanno dietro farebbero la fine del sorcio. Una strada, oggi, la si difende dalle case circostanti e si spara dalle finestre, dai tetti, dagli abbaini, dai portoni. Così hai il vantaggio dell'altezza e di lassù un sasso, una tegola, persino un normale vaso da notte diventa proiettile temibilissimo.

La strada, caso mai, la si interrompe con uno scasso profondo o con un ostacolo elastico. Se per esempio devi difendere un viale, per prima cosa tu abbatti gli alberi, con le fronde rivolte alla direzione da dove viene l'attacco, perché gli alberi sono difficili a rimuoversi. Lo scasso, se è profondo abbastanza, potrà servire come camminamento, per spostarsi da un lato all'altro della via. Ma deve proseguire fin dentro l'opposto androne. E in ogni modo questi passaggi da lato a lato della via debbono essere rapidi e saltuari, soltanto in caso di assoluta necessità, un ordine urgente, per esempio, un afflusso di rinforzi o di materiali, un soccorso a un ferito.

Per il resto bisogna muoversi sempre su di un lato della strada, passando per i cortili, per i tetti, per le altane, sfondando ove necessario i muri divisori fra stanza e stanza, fra costruzione e costruzione. Così si combatte per le strade, oggi. Altro che barricate. E comunque la difesa non si organizzerebbe mai lì, all'imbocco della Galleria, o in capo alla strada. A mezza via si resiste, così tu hai un settore di difesa profondo ed elastico, puoi manovrare liberamente, e costringi l'attaccante a disperdersi, a superare una serie di incroci di fuoco. Senza contare il vantaggio della sorpresa continua. Quelli avanzano allo scoperto e non sanno da quale finestra arriverà la fucilata, mentre tu ti tieni al coperto, li controlli di continuo, li segui passo per passo.

Certo, la barricata era più romantica, e Anna avrebbe fatto la sua figura, grande e formosa, col fisciù rosso al collo, e io appostato accanto a lei, con lo schioppo impugnato, la mira sicura, semplice soldato dell'insurrezione. La compagna Anna, avrebbe detto poi il bullettino stampato alla macchia, ha comandato impavida un ben assestato fuoco di fucileria, folgorando la sbirraglia. Per suo merito e onore la barricata della Galleria ha respinto ogni assalto.

Il nome mio no, non poteva figurare sul bullettino degli insorti, ma io sarei stato contento lo stesso, per Anna e per il nostro segreto. Infatti Anna ormai era la mia ragazza.

Succede sempre, in tempi di guerre e di rivoluzioni, che un uomo e una donna si amino subito, senza le usuali trafile del corteggiamento, della parte in casa e delle nozze col velo. Perciò quella sera, dopo la dimostrazione, Anna rimase con me, e prese sonno all'alba nel letto di Carlone, che per l'appunto era andato a Terontola a fare un servizio sull'appoderamento della Val di Chiana e sul museo etrusco di Cortona. E come succede in tempo di guerre e di rivoluzioni, tutti e due avevamo ansia di sapere e di fare tutto in fretta, quasi che fra un mese, una settimana, domani, non ci fosse più tempo.

Al mattino non ebbe cuore di riprendere il treno, e mangiammo insieme alla latteria sotto casa, e poi mi sembrava che via della Braida fosse soltanto nostra. Anche se poi dovette partire, eravamo certi tutti e due che presto sarebbe ritornata, e da allora non facevo che aspettarla, contando i giorni e le ore che ci separavano: andavo alla stazione col cuore in tumulto, e me la portavo subito a casa, finché poi un giorno concludemmo che non poteva più partire, e che Carlone invece poteva benissimo sistemarsi nell'altra camera con Ugo e Mario, lasciando a noi due la più grande.

Ora, io sono certo di avere avuto in sorte, durante la mia vita, un privilegio che è toccato a ben pochi: che io sappia ad Abelardo – mutilazione finale a parte – al Molinari Enrico di New York e alla mezzala sudamericana Cherubillo, pare, da quello che ne dicono gli sportivi la sera al caffè, astiosi contro di lui per cecità e per invidia. Ed ecco perché io non sento il bisogno di intervenire nei dibattiti sull'erotismo, in letteratura e dove che si sia, scomodando la Sinngebung e l'epoché.

Non ricorremmo mai, Anna ed io, alle macchine orgoniche. Non ci chiedemmo mai se al momento della ricreazione, l'interno della presentificazione si presentificasse in una nuova presenza, che fosse a sua volta ripresentificabile non nella memoria, ma soltanto in un nuovo atto creativo.

O se nell'atto sessuale ciascuno di noi si conoscesse come nascita del mondo in sé e ritrovamento dell'altro in sé e di sé nell'altro.

Infatti oggi parlano così gli esperti. Altri numerosi tecnici del ramo vanno dicendo che la nostra civiltà d'oggi vive all'insegna del sesso. L'insegna, sì, il segno, l'ideogramma, il paradigma, il facsimile.

Dicono: guardate come oggi per vendere un'aranciata la si accoppia a un simbolo sessuale, e così un'auto, un libro, un trattore persino. A un simbolo, certo, ma non al sesso reale. Un simbolo che funziona in vista di qualche altra cosa. Tu, dicono in sostanza, desidererai il coito per arrivare a. Mai il tuo desiderio, dioneliberi, sia per il coito in sé. Deriva da qui l'attivismo ateleologico della civiltà moderna, da qui deriva, aggiungiamo pure, lo scadimento della professione meretricia.

Come il tornio e la macchina da (per, anzi, se vogliamo accettare la correzione dei venditori d'ogni livello al soldo del marchese d'Ivrea, pallidi ed efficienti come tanti valvassini) come il tornio, dicevo, come la macchina da (per) scrivere non sono beni in sé, ma mezzi e strumenti per arrivare al denaro, così il prostituirsi non è mestiere, che si ama e si pratica perché bello, ma daccapo un mezzo e uno strumento per procurarsi denaro.

Quindi il metallurgico odia il tornio, io odio la macchina, forse più dei valvassini del marchese d'Ivrea, e la prostituta odia il coito.

La riduzione di fine a mezzo, qui e altrove, aliena, integra, disintegra, spersonalizza e automatizza, e così viene fuori l'incomunicabilità, e così viene fuori l'uomo-massa e la prostituta moderna, nelle sue varie sottospecie di cortigiana, mondana, amante, ganza, mignotta, zoccola, druda, ragazza-squillo, passeggiatrice, giù giù fino alla battona, alla barbona, alla spolverona e alla merdaiola, infima categoria che annovera le pestatrici di cacche canine negli stradoni bui di periferia, a notte.

Mai puttana però, secondo vorrebbe la parola antica che indicava, quando c'era, il mestiere. Non a caso la donna innamorata, accaldata, linfante, si glorierà di quest'antica parola corporativa e ti dirà, nel momento supremo, fastigioso, quando si allentano i nessi del vivere secondo paradigma – e allora i simboli svaniscono lasciando soltanto la realtà reale – ti dirà di sentirsi puttana.

Ma per intanto il coito si è ridotto, per la stragrande maggioranza degli utenti, a pura rappresentazione mimica, a ripetizione pedissequa e meccanica di po-

siture, gesti, atti, trabalzamenti, in vista dell'evacuazione seminale, unico fine ormai riconoscibile e legal-
mente esigibile. Il resto non conta, il resto è puro simbolo che serve a spingerti all'attivismo vacuo.

Questo vuole la classe dirigente, questo vogliono
sindaco, vescovo e padrone, questurino, sociologo e
onorevole, vogliono non già una vita sessuale vissuta,
ma il continuo stimolo del simbolo sessuale che indu-
ca a muoversi all'infinito.

Un simbolo sempre ritrovato, nelle apparenze, e
che la gente accetta senza discutere: altrimenti come
spieghereste la fortuna delle diete dimagranti, del modello steccoluto e asessuato, il quale riassume ed eleva
a modulo la donna arrivista, attivista, carrierista, stirata, tacchettante, petulante e negata quindi al coito
verace? E infatti essa già mira alla fecondazione arti-
ficiale, e magari alla gravidanza in vitro, ove vaghezza
la punga di maternità, e insieme mira a ridurre il maschio un pecchione inutile.

Da tutto questo, mi pare, vien fuori la noia, l'inca-
pacità, come dicono, di possedere gli oggetti, di entrare in rapporto con i bicchieri, i tram e le donne. Ma io
so che la noia finirebbe nell'attimo in cui si ristabilis-
se la natura veridica del coito. Lo so, finirebbe anche
la civiltà moderna, perché il coito veridico non è spin-
ta ad alcunché, si esaurisce in se medesimo e, in ipotesi estrema, esaurisce chi lo compie.

Provate questa sorta di predicazione (evitando tuttavia di chiamarla educazione sessuale, altrimenti ad-
dio i miei limoni e buona notte al secchio) e avrete
ogni anno un certo numero di coppie estinte per con-
sunzione da eccesso di coito. Lo so bene. Ma i casi
mortali sarebbero pur sempre meno d'un decimo di
quelli oggi provocati dai doppi sorpassi in terza corsia,
o dallo smog, o dalle malattie cardiocircolatorie.

E non sarebbe forse una bella morte? Gli amanti così periti avrebbero onori distinti, e sulle loro tombe, erette nei parchi cittadini e nei campi di gioco dei bimbi, altri amanti andrebbero a giurarsi fedeltà eterna.

E poi ogni anno, al volgere della primavera, ciascun villaggio sceglierebbe il suo bel prato, e lì s'intratterrebbero, da stelle a stelle, due trecento coppie di copulanti, sullo sfondo del cielo terso, durando lo strillare delle cicale, ma senza ventilazione di ninfe biancovelate, con accompagnamento dei cori che vanno eterni dalla terra al cielo, e in un angolo, gialla, ferma, inattiva, una macchina trebbiatrice della premiata ditta Cosimini di Grosseto.

Lo so, finirebbe la civiltà moderna, cesserebbe ogni incentivo alla produzione dei beni di consumo, essendo dono gratuito di natura l'unico bene riconosciuto e durevole; cesserebbe anche l'insorgere dei bisogni artificiali, nessuno vorrebbe più comprarsi l'auto, la pelliccia, le sigarette, i libri, i liquori, le droghe, e nemmeno giocare a biliardo, vedere la partita di calcio, discutere sul Gattopardo.

Unico grande bisogno sarebbe quello di accoppiarsi, di scoprire le centosettantacinque possibilità di incastro realizzabili fra l'uomo e la donna, ed inventarne ancora. Unirsi in piedi, seduti, supini, bocconi, inginocchiati, accoccolati, a caposotto. Eseguire la penetrazione vaginale, rettale, orale, scritta, telegrafata, intramammillare, subascellare, praticare l'irrumazione, la fellazione, la podicazione, il cunnilingio e il *symplegma trium copulatorum*.

Unirsi sui letti, dentro gli armadi, alla finestra guardando chi passa, nei prati di periferia e nella pineta di Tirrenia, sopra un moscone al largo della costa adriatica, abbandonati al ritmo delle onde e delle correnti, anche a rischio di toccare l'orgasmo già in acque territoriali jugoslave; negli scompartimenti di seconda sulla linea di Sarzana, al cinema dietro le tende delle uscite di sicurezza, per le scale di casa (coi piedi su due gradini diversi, ove trattisi di donne zoppe, neanche esse escluse dai festeggiamenti), dentro le cabine degli ascensori, nei capanni della spiaggia di Rimini, in acque salse poco oltre la battigia e frammezzo ai bagnanti, sul piedistallo delle statue di Pomona, nei palchetti della Scala recubando sulla pelliccia pagata dal Bubù; nei vomitoria dell'arena di Verona, fra le rovine della cittadella di Pisa, e finalmente sulla poltrona padronale del padrone Timber Jack, lasciandovi a dispetto e a prova i segni d'una eiaculazione ritardatissima.

Poche persone, ripeto, hanno sinora inteso queste cose: Abelardo, ripeto, il Molinari Enrico di New York, la mezzala Cherubillo e io.

Non D.H. Lawrence, che stravide tutto tirando a indovinare, non Ovidio, che ci diede soltanto una galleria di positure da bordello, non il povero Fausto Coppi, troppo tafanato com'era dalla sfortuna e dal *gran bisogn de dané*.

No davvero: questo programma massimo, eversore della moderna civiltà, esige purezza di cuore e assoluta dedizione, rinuncia ai beni mondani e castità di sentire, una specie di voto per un vivere solitario a due (massimo a tre) lungi dalle tentazioni terrene.

Chi faccia tale scelta, giacché egli mina alle basi il neocapitalismo e il socialismo insieme, si prepari a vedersi contro tutta quanta la società: fittacamere, portinaie, camerieri di albergo, segretarie di redazione, colleghi di ufficio, vigili urbani, questurini, preti, sociologi, radicali, comunisti, levatrici, banche, fornitori, enti nazionali, tutti li avrà contro.

Son cose queste che soltanto adesso, io, e con visibile sforzo, riesco a mettere sulla carta ed esprimere a parole, ma le scoprimmo vivendole, Anna e io, in quelle due prime settimane o così di continuo intercorso sessuale, con l'eccezione del tempo dedicato all'alimentazione, al sonno ed eventualmente al lavoro.

Ma subito, come ho detto, ce li trovammo tutti contro, e primo il dottor Fernaspe, che infatti mi licenziò.

Del resto mi aveva già avvisato, il Fernaspe, che in ufficio bisognava arrivare sempre in orario. Inutile poi venirgli a dire che la sera avevo fatto tardi con Marina e con Corrado per congedare il numero. Affare nostro, sbrigare il lavoro quotidiano in tempo. Ma la mattina lì, pioggia o vento che fosse, perché la disciplina sul lavoro è il primo requisito. E poi s'era accorto di altri interessi, oltre e diversi da quelli della rivista: che leggevo libri, per esempio, e che andavo al cinema. Ed era vero, poi, quel che dicevano certi, che cioè io stavo perdendo la testa per una donna? Con la battaglia per il passaggio dal neorealismo al realismo potevamo permetterci il lusso di disperdere tutte quelle energie? Dovevamo invece consacrarci tutti a questa lotta difficile, contro la censura, l'autocensura, il governo clericale, l'involuzione del resto della critica, le tresche vaticanesche e il ministero degli interni.

In queste cose uno o ci crede o non ci crede. Se ci crede deve consacrarcisi con tutte le sue energie, e lasciar perdere il resto; se poi non ci crede, lo dica subito e se ne vada. Cose che non ci sarebbe nemmeno stato bisogno di raccomandare, e che gli facevano perdere tempo, ritardare l'impaginazione e la rilettura delle bozze.

Poi un giorno io dovetti accompagnare Anna da una levatrice di via Ascoli, non potevo mandarcela sola, e così raccomandai agli altri, a Corrado e alla Marina, che dicessero al Fernaspe essere io ammalato a letto, per tutto quel giorno. Loro glielo dissero infatti, ma poi disgrazia volle che mi vedesse per strada un regista di cinema arrivato proprio la sera prima dalla capitale, un certo Peppe, così lo chiamavano, già più avanti del neorealismo ma non ancora giunto al realismo, come mi spiegava il Fernaspe. Ora questo Peppe, appena mi ebbe veduto, andò di filato dal Fernaspe e glielo raccontò e il Fernaspe era furibondo.

Non solo la mia era stata un'assenza ingiustificabile, ma anche una mancanza di lealtà nei suoi riguardi, una meschina bugia, una disonestà insomma, che andava punita, sia in sé che per dare l'esempio. Così mi disse, prima di farmi mandare dall'amministratore la lettera di licenziamento – senza liquidazione, perché io ero in prova, non erano ancora trascorsi nemmeno i tre mesi contrattuali e quindi non mi spettava una lira.

Certo, trovai subito un altro lavoro, ma, come mi spiegarono i colleghi affettuosi, cambiare posto in seguito a licenziamento significa mettersi in una posizione quanto mai precaria. Il posto lo si cambia vantaggiosamente dietro migliore offerta, e allora il padrone ti porta in palmo di mano, ma quando invece ti hanno buttato fuori, come vuoi che il padrone nuovo ti consideri qualcosa? Coi padroni c'è sempre un problema di rapporti di forza con cui fare i conti. Anche se nessuno esige referenze e record scritti, esiste sempre una sottaciuta scala dei valori professionali, oggi vali tot, perché sei stato nel tal posto, domani tot più tot perché ti hanno cresciuto lo stipendio o le mansioni e così via. Se invece ti licenziano, e in tronco, e per una meschina bugia, tu scemi di valore, e se anche magari non ti riducono né di stipendio né di mansione, sei pur sempre un minorato.

E con la nomea di aver perduto la testa per una donna. Sono fatti personali d'accordo, ma si risanno in giro, se ne parla, e tu cali anche come peso d'uomo e come valore professionale. Mi fu contro persino la vedova Viganò e non me lo nascose. Mi disse infatti che quella mia con Anna era una storia piccolo-borghese e forse anche dannunziana, identica a milioni e milioni di piccole storie di adulterio e concubinaggio, che potevano andare bene in una società ottocentesca, quando ancora contavano qualcosa gli spasimi sentimentali di una borghesia in formazione, ma oggi, per carità, con le lotte per la terra e i grandi scioperi industriali e le elezioni sindacali alla Fiat, cosa poteva contare Anna? Energie sprecate, che si sarebbero potute dedicare alla lotta contro i grandi monopoli, che distoglievano dalla partecipazione alla vita politica di base. In sezione bisognava vivere, altro che storie.

Per la verità Anna, poverina, fece il possibile per reinserirsi nella vita di sezione. Me lo diceva quasi ogni sera, che l'aver cambiato città e ambiente non la esimeva dai suoi doveri verso il partito. E così ci mettemmo in cerca della sezione del quartiere nostro.

Non fu per niente facile. Prima successe che trovammo chiuso e sulla porta un cartellino con l'orario, dalle quattordici alle diciotto e quindici. Il sabato ci ritornammo e la signorina magra fece: "Desiderano?".

"Io sarei una compagna. Ora che abito qua vorrei fare il trasferimento in questa sezione."

La ragazza magra guardava me, col mongomeri, la barba lunga e le occhiaie marcate. Poi rispose: "Dovrà ripassare lunedì, perché il segretario è assente".

Ci tornammo il sabato dopo e il segretario ci fece

attendere perché era in riunione, poi entrammo tutti e due: "Mi dica, prego".

"Io sarei una compagna. Ora abito qua e vorrei fare il trasferimento."

Anche il segretario guardava me. "E dove, esattamente, abita?"

"All'otto, terzo piano."

Il segretario si alzò e si mise a guardare una pianta della città che stava appesa al muro.

"Otto," disse poi. "No, guardi, il numero otto appartiene a un'altra sezione. La nostra si ferma al due."

E fu così gentile da darci l'indirizzo della sezione buona, così il sabato dopo andammo lì a vedere se era possibile questo trasferimento. Il segretario ci disse che per i trasferimenti responsabile non è la sezione ma la cellula, e che quindi ci dovevamo rivolgere al capocellula responsabile dei compagni dal numero sei al quattordici. Facile trovarlo, perché aveva negozio proprio lì davanti, quello con la scritta "Salone" sopra la porta.

Dentro c'era anche una mensola piena di forbici, vasetti, pettini e cesoie, poteva sembrare un barbiere, ma poi guardando meglio, appese al muro si vedevano fotografie di cani tutti infiocchettati. Il capocellula aveva appunto un salone di bellezza per cani, e ci parlò a lungo dell'arte sua e delle mostre, anche internazionali, a cui aveva partecipato meritando premi e diplomi, una volta anzi la medaglia d'oro. Nel ventiquattro i fascisti gli avevano sfasciato la bottega, e lui aveva dovuto emigrare in Francia, facendo i mestieri più vari, fra cui il muratore, finché non aveva ritrovato la sua antica professione e così, oltre che nuova esperienza, in Francia s'era fatto anche un nome. Quel diploma per esempio – ce lo indicava – era il suo più ambito, il primo, all'*exposition universelle de la beauté cynophile*. Così era giunto a tenere fino a quattro lavoranti, nel salone parigino, e tornando in Italia dopo la liberazione non gli era stato difficile farsi una clientela, e ora infatti, pur non ignorando le sue idee politiche, anche le belle signore ricche della città venivano da lui per farsi curare il barboncino.

La settimana scorsa gli era capitata una bella coppia, e bisognava vedere – ce ne mostrò la fotografia, il maschio tutto azzurro, la femmina tutta rosa – che meraviglia di lavoro gli era venuto. Erano due bestiole di razza perfetta, e docili, quando capita così c'è soddisfazione, uno lavora con più impegno, perché poi i risultati eccoli, era un piacere dell'occhio starli a guardare. Poi parlammo del trasferimento.

"Sì, cara compagna," disse quello, "scrivo subito alla tua vecchia cellula per avere le informazioni e il curriculum, e appena arrivano ti mando subito a chiamare. Stai pur tranquilla che non ti faccio perdere l'anzianità. Ma intanto dammi i tuoi dati, nome, cognome, paternità, indirizzo e professione." Segnò ogni cosa su un quadernetto, e siccome io ero sempre stato zitto, ma lui mi guardava un po' incuriosito, alla fine chiese:

"E questo signore è un compagno anche lui?".

Anna gli spiegò di no, che ero un intellettuale molto vicino a loro, e che avrei desiderato partecipare a qualche riunione di cellula. "Sì, ma senza diritto di voto, però," fece il capocellula. Poi entrò una signora col bassotto e ce ne dovemmo andare.

Intanto, mentre aspettavamo che al capocellula del salone arrivassero le informazioni per il trasferimento, noi cercavamo, nelle poche ore di libertà, di tenerci in contatto con il resto del mondo. Nemmeno ci rassegnavamo all'impossibilità di serbare i contatti con la classe operaia, che aveva orari sfasati rispetto ai nostri, giungeva alle sei del mattino coi treni del sonno e ripartiva alle sei del pomeriggio, oppure, terminato il lavoro, rincasava in fretta per travestirsi da ceto medio e andarsene al cinema o al bar.

Frequentavamo certe cantine rivestite di legno, dove gli avventori sembravano, dal viso e dall'abbigliamento, operai, ma neanche lì era facile, e forse quegli omaccioni col viso duro e sanguigno erano soltanto dei disoccupati cronici, spacciatori di sigarette contrabbandate, giocatori di tavoletta; e oltre tutto parlavano farfugliando, sempre fra di loro, in una lingua incomprensibile, o cantavano canzoni irriconoscibili, per via del vino.

Così i nostri amici erano sempre quelli, i fotografi del bar delle Antille, e qualche pittore, come il Cavallini di Piombino. Il pittore Ettorino invece se n'era andato a Roma, e sul conto suo correvano voci che mi garbavano poco.

Un giorno, ci ripetevamo spesso, avremmo avuto un po' di casa nostra, e quella sarebbe diventata un porto e una bandiera; l'avremmo aperta a tutti gli uomini di sentimento e di buona volontà. Per adesso c'era la camera al terzo piano del numero otto, con il pavimento di mattoni che sputavano il rosso e tingevano il risvolto dei calzoni al momento di levarseli, e i lenzuoli della signora De Sio, rinnovati con la frequenza di uno per letto ogni quindici giorni, passando sotto quello di sopra che si sporca meno.

Anna fece levare il quadro del sacro cuore da sopra il letto, e mise al suo posto la faccia del povero Di Vittorio, ritratta a carboncino dal pittore Levi – un pezzo autentico che possiedo ancora. La signora De Sio non protestò, perché era donna buona e tollerante; e poi capiva la nostra storia, avendo due figlie malmaritate. Anche Carlone ci capiva e ci voleva bene, e così Ugo e Mario, sia detto a loro merito.

Non ci capiva né ci amava, oltre al Fernaspe e alla vedova Viganò, la portiera dello stabile, una donnetta rimpicciolita e smagrita dalla cattiveria, che potendo ci avrebbe fatto del male, spesso e volentieri. E bastava uscire un momento dalla cittadella attorno alla Braida del Guercio per sentire che anche gli altri, tutti, ci erano ostili. Eppure noi non trascuravamo mai di rivolgere la parola ai bisognosi, alle vecchiette piangenti a un angolo della strada, ai mendicanti, alle cassiere dei bar, alle commesse dei negozi.

Ai passanti no, perché erano troppo occupati a passare e non avrebbero tollerato un'intrusione nella loro marcia quotidiana, specie poi da parte di questi due – così pensavano, lo so – scalmanati, lui in mongomeri e con la barba lunga, lei con addosso quei coloroni e quelle gonnellone ampie e il fazzoletto rosso legato alla gola. Tipi da non fidarsi, pensavano, perdigiorno senza una lira in tasca, sicuramente.

E quest'ultima parte era vera: nel nuovo impiego, a cui ero arrivato dopo il licenziamento senza liquidazione, e quindi un po' per pietà, mi davano, secondo le ritenute, poco più o poco meno di centomila lire al mese, e la metà bisognava mandarla tutti i mesi a Mara, perché si sa come sono fatte queste ragazze di Bube, sempre fedeli alla scelta del dovere, alle istituzioni, e ai quattrini.

Povera Mara, però: non sapeva ancora nulla, e continuava a scrivermi due volte la settimana: il bambino ha avuto la tosse ma ora sta meglio e non ti preoccupare, tu abbiti cura, copriti bene, mangia regolarmente e sta' tranquillo che me la cavo, anche se la vita rincara e grazie dei soldi.

Continuava a badare alla casa e al bimbo: la spesa ogni mattina, con le quattro chiacchiere in piazza del mercato in compagnia delle amiche ("Quando ci vai su?" le chiedevano un po' maligne, quelle, a un tratto, ma lei subito scantonava con un: "Presto presto"); poi le faccende di casa, una rimestata al tegame ogni tanto, perché il riso non attacchi al fondo, il pranzo, rigovernare, a sera la passeggiatina col bimbo e a letto presto. Me la figuravo, appena ci pensassi, questa sua vita grigia e a suo modo eroica, fatta di mille gesti eguali e dimessi, fedele giorno per giorno alla scelta, al dovere, ai luoghi. Non va avanti così la civiltà? Non è forse il continuo lavorìo di queste formiche che tiene in piedi la vita dei popoli, e ne ordisce il tessuto connettivo? Ed allora, era giusto che io, amico degli umili e dei diseredati, alleato per mia scelta della classe operaia, eversore *in pectore* di torracchioni, umiliassi e diseredassi questa donna?

L'ostilità degli altri, dichiarata a volte, più spesso muta ma sensibile nella faccia chiusa di quante formiche umane io incontrassi appena uscito dalla Braida Guercia, coi suoi pittori capelluti, le ragazze dai piedi sporchi, e i fotografi morti di fame, non era forse giusta? L'ostilità degli altri a volte mi entrava in petto: che cosa vuoi da me, Anna? Perché ci sei venuta? Che cosa ci fai, tu, qua dentro?

V

Glielo avrò chiesto cento volte, in tutti i toni. Ci furono notti passate senza chiudere occhio, a discutere per tutti i versi.

"Tu sei un uomo libero, no? E allora parla chiaro, una volta tanto. Se vuoi, io me ne vado."

"Te ne vai dove?"

"Dove, non ti riguarda."

"Ma sì che mi riguarda. Tu cosa fai sola, senza una lira, in una città come questa?"

"Ah, sì. Mi rinfacci anche la minestra che paghi?"

"Io non rinfaccio niente. Sei tu che mi ricatti."

"Che ricatto?"

"Sì, ricatto, perché sai bene che quando dici che dove vai non mi riguarda, a me invece mi riguarda eccome. Responsabile sono io."

"Responsabile? Ricordati che in vita mia me la sono cavata sempre da sola."

"Sì, lo so io come te la cavavi, da sola."

"Cosa vuoi dire?"

"Niente."

"No, tu mi dici cosa vuoi dire. Io ho sempre lavorato, sai."

"E va bene, hai lavorato sempre, ma ora sei qui e lavoro non ce l'hai."

"E tu trovamelo."

"Ma che trovamelo, che trovamelo? Te lo trovi da sola. L'hai detto tu, no?, che te la sei sempre cavata. Te la sei sempre cavata, o no?"

"Insomma deciditi: se non mi vuoi io me ne vado."

"No, guarda, me ne vado io, e tu resti. Anzi, guarda, preparami la valigia che me ne vado subito."

"Ma dove vai, dove vai?"

"Torno da Mara."

"Ecco, bravo, torna da Mara, torna da Mara. Tu vuoi questo, no? Una che ti rammendi i calzini, che ti tenga la roba in ordine e il sabato ti lasci andare con gli amici, al casino. È questo che vuoi, no? E allora vacci. Vai, vai, vai da Mara."

"E tu cosa fai?"

"Questo non ti riguarda."

"E va bene. Preparami la valigia."

"No, la valigia te la prepari da solo. Io non sono Mara che prepara le valigie e rammenda i calzini."

"E allora me ne vado subito. La valigia la vengo a prendere domani."

"Ma dove vai?"

"Questo non ti riguarda. Sono un uomo libero, no? Siamo due persone libere, no? E allora ciao."

Mi infilavo il mongomeri e sbattevo la porta di camera. La signora De Sio era in cucina e mi guardava con gli occhi preoccupati. Scendevo le scale buie, aprivo il portone e mi ritrovavo per strada, solo. Lei era alla finestra, lo sapevo, a guardarmi da dietro le persiane accostate, ma se mi voleva davvero, doveva venire giù a riprendermi. È giusto lasciare che un pover'uomo se ne vada in questo modo? Se le premo deve scendere, me lo deve dire lei *resta, non te ne scappare, senza di te non posso vivere*. Arrivato all'angolo entravo al bar delle Antille e ordinavo un grappino.

I pittori erano lì in piedi, a guardarsi in faccia senza parlare. Salutavo un amico fotografo.

"Come va di bello?" mi chiedeva.

"Bene bene."

"E Anna?"

"È su."

"Come sta Anna?"

"Bene bene."

"In gamba Anna, vero?"

"Eh sì."

"Una brava ragazza. E ti vuole bene. Si vede."

"Eh certo."

"Tienitela cara."

Aveva ragione lui, forse, così gli auguravo la buonanotte e tornavo verso casa, ma passando sul marciapiede di fronte, con gli occhi verso la finestra al terzo piano. Lei era lì, lo sapevo. Ma doveva scendere a riprendermi, perché io il gesto di tornare sotto casa l'avevo fatto, e allora toccava a lei adesso fare il gesto suo, scendere. Continuavo fino all'altra cantonata, pensando che dopo tutto non ci perdevo niente in dignità, che ero un uomo libero, libero anche di passeggiare avanti e indietro sotto le finestre di casa mia.

Io sono qui, pensavo. Se mi vuoi sai dove trovarmi, perché di costassù mi vedi. Io passeggio per i fatti miei, se te la senti vieni giù. Ma poi, ripassando, la sentivo fischiare, il nostro solito fischio di quattro note, la penultima tenuta lunga.

"Che c'è?" gridavo voltandomi. Dallo spiraglio della persiana mi faceva cenno di accostarmi, e io obbedivo.

"Vieni su," diceva lei dalla finestra.

"A fare che?"

"Vieni su, che prendi freddo."

"No. Io passeggio."

"Prendi freddo. Vieni."

"A fare che?"

"Ti devo dire una cosa."

"Dimmela di costì."

"Come faccio? Vieni su, via." E io salivo.

"E allora, matto," faceva lei appena ero entrato, "te ne vuoi andare?" Mi teneva le mani sulle spalle, sorridendo. "Stenditi, vai, e fumati una sigaretta." Stava sulla sponda del letto e continuava a parlarmi. Mi diceva che in queste situazioni bisogna essere saggi, metterci tutte le forze, non sprecarle stupidamente. Perché un giorno avremmo dovuto fare i conti con Mara, e con il resto. E per quel giorno ci occorrevano tutte le nostre forze, intatte.

"Ma tu hai fiducia in me?" le chiedevo.

"Ma certo, testone."

"E mi vuoi anche bene?"

"Ma io ti amo, testone bello, lo capisci che ti amo? Mannaggia a questo testone, che se ne vuole sempre andare." E mi stringeva il bavero della giacca. "Ma io ti ammazzo, sai. Se te ne vai io t'ammazzo. Mica ti mollo io, che ti credi?" E poi ci mettevamo a ridere tutti e due. Io me la tiravo addosso, lottando, finché lei non cedeva, e le mani lasciavano la giacca per stringermi la schiena, il viso contro il mio. Prendevamo sonno dopo le tre, e cinque ore dopo, quando mi destava bussando alla porta la signora De Sio, io mi tiravo su ancora insonnolito, stanco, e uscivo in punta di piedi, per non destarla. Addormentata, Anna aveva il viso anche più piccolo nella frangia dei capelli biondi, sparsi sul cuscino.

A ogni fine mese facevamo i nostri conti, spargendo sul letto le carte da diecimila della busta paga: queste vanno giù da Mara, queste alla padrona per la camera, con queste ci si dà l'acconto alla latteria. Infatti a mangiare andavamo sempre in una latteria sotto casa, disposta ad aprirci il conto. Bisognava dare un anticipo al primo del mese, poi la padrona segnava: alla metà un altro paio di biglietti da cinquemila, che di solito mi venivano da qualche collaborazione, e a fine mese il saldo, più un altro anticipo per il mese successivo.

In latteria, a parte il vantaggio del conto aperto, non era caro e ci mangiavi alla carta, pagando il consumato netto, senza coperto, servizio e tutte le altre bricciche che di solito mettono i ristoranti per far salire il totale. Lì potevi ordinare anche mezza spaghetti e basta, oppure mezza crescenza e basta, e pagavi per mezza davvero. Ci ho visto certe ragazzette d'ufficio magre magre mangiare con duecento lire a pasto, facendo a meno del vino, dell'acqua minerale e della minestra, con soltanto una porzione di lesso e una mela.

Certo, noi spendevamo di più, a volte anche sulle quattrocento lire a testa, perché diceva Anna che bisognava nutrirsi bene, tenerci in forze, se volevamo affrontare, oltre alla giornata lavorativa, le difficoltà fisiche e psicologiche della nostra storia. E a parte il resto, come si fa, senza bistecca in corpo, a salire in camera dopo pranzo e mettersi a letto?

Il guaio era la domenica, perché la latteria teneva aperto soltanto per il pasto di mezzogiorno, e poco dopo le due chiudevano, e la cena non la passavano. Allora bisognava rimediare per conto nostro, cuocere due uova sul fornelletto elettrico, in camera nostra, e dietro mangiarci la mela serbata dal pranzo. La domenica era un guaio anche per le sigarette, perché nei giorni di lavoro da fumare ogni tanto potevo chiederlo a qualcuno in ufficio, e poi strozzare la cicca e riporla nella scatolina, e poi disfarla, a casa, e avvolgere il tabacco nelle cartine. Ma la domenica in ufficio non ci andavo, e i fotografi erano più scannati di noi, senza una sigaretta, e non mi andava di scendere al bar delle Antille, attaccare discorso con un pittore, aspettare che tirasse fuori il pacchetto delle sigarette e chiedergliene una.

Le domeniche più difficili direi che fossero quelle sotto fine mese, quando non ci restavano nemmeno sessanta lire per comprarci una coppia d'uova, e qualche volta ci toccò andare a letto senza cena. Con ansia dunque noi attendevamo ogni volta la fine del mese e la busta paga: succedeva che per quella data il padrone fosse via, per affari o in crociera, oppure che si fosse scordato di firmare – e di dare la procura a qualcun altro lui non si fidava – e allora l'amministrazione faceva dire che si avesse pazienza qualche altro giorno, che al massimo il cinque o il sei i soldi arrivavano di sicuro.

Intanto però erano pasticci: alla latteria non vedendo l'anticipo puntuale la padrona ci guardava storto, le cameriere venete col grembiule nero e le ciabatte, forse avvertite che dovevano far così, ci servivano per ultimi, oppure dicevano che il nodino era esaurito, la macedonia esaurita, e insomma fra tutti ci facevano capire che prima di mangiare bisogna aver versato, e intanto là dentro non ci mettessimo più piede.

"Diglielo tu," facevo io ad Anna, "che abbiano un poco di pazienza, che i soldi arrivano."

"No, diglielo tu. Io la parte l'ho già fatta l'altro mese."

"Via, Anna, diglielo."

"Ma tocca sempre a me fare la faccia tosta."

"E a me tocca pagare."

"Ora mi rinfacci i quattrini che tiri fuori?"

"Ma no, non ti rinfaccio niente. Però diglielo tu."

Anna sbuffando si decideva, ma a pensarci bene era meglio diradare un po' i pasti, finché non fossero arrivati i quattrini, e intanto impegnare qualcosa al monte, e tirare avanti con quelle poche migliaia di lire che ci davano o per i nostri due anelli d'oro, o per i cappotti, ma questi però soltanto d'estate, o la macchina da scrivere, che era un bel guaio, perché senza la macchina da scrivere come facevo io a lavorare, a buttare giù l'articolo che mi fruttava qualche soldo extra?

E poi anelli e macchina da scrivere andavano riscattati: era roba di valore, che oltre tutto sarebbe sempre servita in altri casi di emergenza, per impegnarla un'altra volta. Così nei conti bisognava anche tener presenti le varie scadenze degli oggetti impegnati, e andarli a sdoganare in tempo, altrimenti il monte li metteva all'asta e buonanotte.

Li avremo fatti cento volte, questi conti, e tornava sempre uguale, un passivo mensile di ventimila lire: tanto di paga, tanto di extra per qualche collaborazione all'entrata: all'uscita Mara, la camera, il vitto, qualche extra per il cinema e le sigarette, mettiamo un film alla settimana e dieci sigarette al giorno. Io fumavo di più, lo so, ma altre cinque o sei sigarette giornaliere le rimediavo sempre, chiedendole ai colleghi di ufficio o accettandole offerte da chi veniva su per qualche affare.

"Con ventimila lire mensili in più ce la caveremmo benissimo," mi spiegava Anna, mostrandomi i totali delle entrate, delle uscite e la sottrazione. "Basterebbe che mi trovassi qualche lavoretto io, non so, qualche battitura a macchina. Semmai in ufficio senti che qualcuno ne ha bisogno non te lo far scappare. Piuttosto che a un'altra lo diano a me, no?, un lavoretto di dattilografia. Così mentre tu sei in ufficio io batto."

Certo, ad avere avuto una casa nostra, il mensile della camera sarebbe bastato per pagare l'affitto, e cucinando da sé si risparmia parecchio. In casa non si butta mai niente, coi piatti ti regoli secondo la fame, se oggi vuoi un piattone di spaghetti te lo fai abbondante, se domani ti vanno meno, ne metti in pentola pochi, se il formaggio ti avanza lo riponi e poi te lo ritrovi. In casa tua ci fai il bucato, così anche i soldi della lavatura sono risparmiati. È vero che spesso Anna qualche cosetta se la lavava da sé nel bagno della signora De Sio, un fazzoletto, un paio di mutandine, ma il grosso, e le camicie soprattutto, bisognava darlo a lavare alla padrona o anche peggio, in lavanderia, e la padrona si seccava parecchio di veder sprecare tanta acqua in quel modo, anche se magari stava zitta.

Il guaio però era questo: che per prendere una casa in affitto, a pigione insomma, ci vogliono tre mesi anticipati e tre mesi di deposito; non solo, ma hai sempre una spesa di impianto, perché almeno un letto, un tavolo, due sedie, un armadio, una decina di piatti, una pentola, un tegame, le forchette e i cucchiai, qualche bicchiere te li devi sempre comprare. Ci sarebbe voluta una somma a disposizione.

Come casa sarebbe bastata anche una stanza coi servizi, ma facevano sempre una quindicina di mila lire al mese, e cioè, fra i tre mesi del deposito e i tre anticipati, novantamila lire. E altrettanto almeno per le prime spese, quei pochi mobili e l'attrezzatura di cucina. E poi il materasso, le lenzuola, i cuscini con le federe, le coperte per il letto. Ci sarebbe voluto qualche lavoro extra piuttosto grosso, un bel gruzzoletto da guadagnare lavorandoci la sera dopo cena e i giorni di festa. Però poi, una volta impiantato un minimo di casa, il risparmio c'era.

Perché mangiare in trattoria ci costava una cinquantina di mila lire al mese, fra tutti e due, e invece cucinando da sé Anna era sicura di farcela con trenta, trentacinque al massimo, e così ecco che saltavano fuori proprio quelle ventimila lire che ci volevano per stare tranquilli. Però, daccapo, i soldi per i sei mesi di fitto, io dove li andavo a cercare? Ci voleva un lavoro extra piuttosto grosso, ecco. Oppure una combinazione fortunata, da non dover cacciare tutti quei quattrini in una volta sola.

Anna provò anche a rispondere a uno di quegli avvisi sui giornali che promettono guadagno sicuro con facile lavoro a domicilio. Le dettero un pezzo di elenco telefonico vecchio, le lettere A e B, un pacchetto di talloncini e due strisce di carta carbone. Così ora tornando dall'ufficio la trovavo seduta alla macchina, con una cartolina sulla pagina dell'elenco, per scorrerlo meglio.

"Li copi tutti?"

"No, soltanto i laureati, avvocati, dottori, ingegneri."

"E la carta carbone?"

"Ne vogliono tre copie."

"Ma che cosa se ne fanno?"

"Per spedire la pubblicità a domicilio."

"Abate avvocato Antonio piazza Tripoli 17, e poi Abate prof. Clelia, via de Togni 10 e Abate avv. Giuseppe corso Sempione 54."

"Questo deve essere fratello dell'altro Abate, perché hanno lo stesso indirizzo di studio, a Foro Bonaparte 57."

"No no, guarda, forse sono padre e figlio."

"Già, hai ragione."

"Sai, quando uno ha lo studio legale, se gli nasce un figlio maschio gli fa studiare legge, così poi gli lascia lo studio avviato."

"Secondo te sono tutti meridionali questi Abate?"

"Di origine almeno sì. Poi lo vedi anche dal primo nome, Carmelo, Fernando, Francesco, Salvatore. Non ci trovi un Carlo e meno che mai un Ambrogio."

"Poi ci sono gli Abbate, con la doppia. Meridionali anche loro?"

"Certo."

"Però guarda com'è strano. Di Abbate dottori ce n'è uno soltanto. Secondo te perché?"

"Non saprei proprio. Guarda però che c'è un Abbate Laureato, laureato di nome soltanto però."

"Già infatti qui risulta che vende vini bianchi a via Brofferio."

"Chissà perché l'hanno chiamato Laureato, i suoi?"

"Forse perché volevano farlo studiare."

"E invece ora vende il vino. Meglio così per lui, non ti pare?"

"Sì, ma ora smettiamola coi discorsi."

"Ci mettiamo a letto?"

"No, prima mangiamo."

"Allora si scende?"

"No, prima fammi finire la filza. Abbaticola avv. Giovanni, via Fontana 5. Questo ha casa e studio allo stesso numero."

"E due telefoni."

"Abbatista dr. ing. Giovanni."

"Aspetta, te li detto io, così fai prima."

Glieli pagavano una lira l'uno, tre copie. "Ma che ditta sarebbe?"

"Non è una ditta. Sono due fratelli di Brescia che rivendono gli indirizzi ad altre ditte."

"A quanto le rivendono?"

"A tre lire l'una la prima copia, pare. Le altre due una lira."

"Sicché su ogni indirizzo loro prendono cinque lire, ne danno una a te e ne guadagnano quattro."

"Eh già."

"Sono dei bei ladri, non ti pare?"

"Certo, ti pigliano per il collo perché c'è il bisogno."

"E tu quanti indirizzi fai in un giorno?"

"Un cinquecento. Se non fosse per la carta carbone da rimettere ogni volta, farei anche più presto."

"Però, anche cinquecento lire al giorno..."

Una sera tornai a casa tutto contento, perché finalmente c'era il lavoro grosso. Feci vedere ad Anna il libro da tradurre. "Mi danno trecento lire a pagina," spiegai.

"E quante pagine sono? Fa' un po' vedere?"

"Più di trecento, sai. Alla fine mi snocciolano quasi dieci bigliettoni da diecimila."

"Allora siamo a posto, eh testone? Si mette su casa."

"Bisognerebbe finirlo in un mese. Dicono che è urgente."

"E io posso aiutarti?"

"Ma gli indirizzi?"

"Stasera finisco la B, poi li consegno, incasso quelle tremila lire e poi non ne prendo più. Non mi conviene. Meglio che aiuti te, non ti sembra?"

"Certo, tu stai alla macchina, io mi piazzo qui bello papale sul letto, col libro e il vocabolario, e detto."

Anna era felice, diceva che sarebbe stato bello passare le serate e le domeniche a lavorare insieme.

"Ora stai buono," mi diceva. "Arriviamo alla decima e poi si fa all'amore. Aspetta un po' che mi tiro su la gonna perché stringe."

"Ma ti si vedono le cosce, mi viene voglia."

"Sta' buono. Arriviamo alla decima cartella, poi si fa. Aspetta un po' che mi metto un cuscino dietro la schiena." Quando era pronta io attaccavo a dettare:

"*Dicono che una donna ricorda sempre la prima*

notte di nozze. Sì, forse le altre; quanto a me vi sono altre notti che preferisco ricordare, più dolci, più piene, quando andai a mio marito matura nella mente e nel corpo, e non bambina goffa e sofferente com'ero la prima volta."

"Punto e daccapo?"

"No no, di seguito. E tu, dimmi un po', com'eri la prima volta?"

"Dai dai, detta."

"No, davvero, me lo racconti come fu la prima volta?"

"E chi se lo ricorda?"

"Non te lo ricordi proprio?"

"No, e tu te lo ricordi?"

"Io sì."

"E come fu?"

Il sabato sera e la domenica facevamo tirate anche di quattro ore di seguito. "Allora, si comincia col doppio spazio, da dove si era rimasti. Mi par che dica *una zucca dopo l'altra di misura e colore...*"

"No, *di grandezza e colore.*"

"*Di grandezza e colore che non ho mai più visto.* Ci sei?"

"Sì, detta, dai."

"Daccapo, doppio spazio, perché qui c'è una riga di bianco, e poi scrivi: *nostra figlia la chiamammo Irawaddy...*"

"Con il doppio vu?"

"Sì, il doppio vu e ipsilon in fondo. Ricordatelo: in fondo è sempre ipsilon e mai *i* semplice. Dunque, *la chiamammo Irawaddy, che è il nome di uno dei grandi fiumi dell'Asia, perché la cosa più preziosa...* No, anzi, aspetta. Sarà meglio dire così: *di tutte le cose l'acqua era per noi la più preziosa.*"

"Dici che è meglio così?"

"Certo, lo senti, ha un sapore più arcaico. Pare il frammento di un presocratico."

"Che roba sarebbe?"

"Te lo spiego un'altra volta, ora scrivi: *ma era un nome troppo lungo per una cosina...*"

"La cosina, la cosina, la robina, la cittina, tutti questi toscanini..."

"Dai dai, perché canzoni? Il testo dice così, *un nome troppo lungo per una cosina tanto piccina.*"

"E no, la cosina tanto piccina poi no. Mettici piccola, che è meglio."

"E va bene, scrivi *una cosina tanto piccola e infatti presto diventò Ira.*"

Passavano i giorni e Anna mi mostrava sorridendo la pila dei fogli che cresceva. "Siamo oltre la centesima, lo sai? Già trentamila lire fatte."

"Però bisognerà rileggerlo tutto."

"Sì, ma in due giorni ce la facciamo."

"Allora riattacca. Dove eravamo rimasti?"

"*Due* ollock *di* dhal *e una manciata di peperoni.* Sottolineo le due parole indiane, vero?"

"Sì, e annotale su un foglio a parte, perché in fondo ci va il glossarietto."

"Pagano anche quello?"

"Sì, ma è poca roba, composto su due colonne diventerà una pagina, non di più. Se sei pronta vai a capo e apri le virgolette. *Meglio questo, fece Nathan...* Ma come ti senti, Anna?"

"Io benissimo."

"Ancora niente?"

"No, niente. Sei preoccupato?"

"Eh, siamo al venticinque."

"Sarà un ritardo."

"L'altro mese quando venne?"

"Mi pare il ventiquattro. Ma vedrai che è un ritardo."

"Ma tu come ti senti?"

"Benone, te l'ho detto."

"Non hai sonnolenza, pesantezza, dolore alle palpebre, capogiri?"

"No no, ma guarda che i capogiri mica vengono subito."

"Dici che ci sei rimasta?"

"Ma no, vedrai che è un ritardo."

"Eppure di solito sei puntuale."

"Eh, ma che pretendi, il cronometro?"

"E senti, dolori di reni ne hai per caso? Dolore di reni, mal di pancia?"

"Veramente stamattina alzandomi un po' di dolore ai reni ce l'avevo."

"Sì, e ora, ora ti fanno male i reni?"

"Ora veramente no."

"Per niente?"

"No, no per niente."

"E allora ci sei rimasta, te lo dico io."

"Ma no, è un ritardo, vedrai."

"Vedrai un corno! Tu sei buona soltanto a dire sarà un ritardo, sarà un ritardo vedrai. Mica ti muovi, tu, mica fai niente!"

"Ma via, smettila, ora sembra che la colpa sia mia."

"Perché, è mia secondo te?"

"Be', caso mai fosse, sarebbe di tutti e due."

"Allora hai paura anche tu?"

"Ho detto caso mai."

"Sì, ma l'hai detto in un modo!"

"Che modo?"

"Rassegnato."

"Rassegnato? Ma insomma tu che vuoi? Caso mai fosse, che ci vorresti fare?"

"Ecco, lo vedi che sei già rassegnata? E incosciente, sei. Stai lì tutta tranquilla, mica ti rendi conto di che pasticcio è questo."

"Insomma senti, io dico che non è. Per me è un ritardo e basta."

"Ma come ti senti?"

"Bene."

"Dolori alle reni ne hai?"

"Ora no, ma stamattina me li sono sentiti."

"Dici proprio che è un ritardo?"

"Ma sì, stai tranquillo, è un ritardo. Dai, detta, che si perde tempo."

"Meglio questo, fece Nathan, che la terra; senza questa roba possiamo fare, ma se perdiamo la terra perdiamo anche..."

Era proprio un ritardo e delle novantamila lire nemmeno un soldo andò alla levatrice.

E ci fu un'altra fortuna, perché avevo conosciuto un altoatesino di nome Fisslinger, che una sera ci invitò a casa sua e ci fece vedere le sue tre stanze. In una aveva la sede un ufficetto import-export di articoli di gomma, ma siccome la ditta si doveva ingrandire, forse alla fine del mese liberavano la stanza, e noi, se volevamo, potevamo entrarci a subaffitto, tanto a lui e alla moglie, altoatesina anche lei, due stanze bastavano e avanzavano. Anzi, a noi sarebbe toccata la più grande, sette metri per cinque, e l'uso del bagno e della cucina in comune.

Anna non stava più nella pelle dalla contentezza: con la soluzione Fisslinger non c'era nemmeno bisogno di versare i sei mesi anticipati. La zona era buona, un po' lontana dal centro, ma servita da quattro linee tranviarie e da un autobus. Intorno c'erano i mercatini rionali e persino l'Upim, comodo per fare la spesa. Il riscaldamento per l'inverno imminente era assicurato. Restava da comprare quei pochi mobili che s'erano detti e qualche stoviglia, pentole e tegamini. Con le novantamila del lavoro grosso, amministrandole bene, ce l'avremmo fatta.

E devo dire che il merito fu tutto di Anna. Trovò un mobiliere lì vicino alla Braida, disposto a venirci incontro, anche perché se la passava maluccio e aveva bisogno di realizzare, contante o cambiali che fossero. Anna mi espose il suo progetto: armadio a cinque sportelli, con specchio interno; tavolo da tinello, sei sedie, una rete a una piazza e mezzo, comoda ma senza testiera, due poltrone, un tavolinetto da fumo. L'essenziale per un minimo di casa, e tirate le somme faceva centoquarantaquattromila lire. Il mobiliere era disposto a farci pagare un terzo subito e gli altri due terzi a rate mensili, ma si poteva andare anche più su con la spesa, aggiungere venti tavolette di rovere di Slavonia: ce le avrebbe date per quindicimila lire complessive.

"A che servono le tavolette?"

"Per fare la libreria."

"Come?"

"Le facciamo bucare ai quattro angoli, ci passiamo un filo da elettricista, di quelli rivestiti in plastica colorata, poi bastano due chiodi al muro, e la tavoletta sta su, regge una trentina di libri. Con venti tavolette i miei e i tuoi ci entrano comodi."

"E il chiodo regge tutto quel peso?"

"Sì, perché la maggior parte si scarica contro il muro, e poi basta scegliere i chiodi adatti. Li ho trovati: entrando nel muro si sfiancano, fanno presa e non li levi più. Si chiamano chiodi tedeschi."

"Ho capito."

I mobili, quando finalmente venne il gran giorno, li facemmo scaricare direttamente alla casa nuova, dove stava piazzata Anna a riceverli, a indicare dove metterli. E fu brava, perché l'armadio, anziché appoggiarlo al muro, lo mise di taglio in mezzo alla stanza, che era grande e stava bene anche così divisa in due. Di là il letto e il tavolo con le sedie, cioè la zona dove si mangia e si dorme, di qua le due poltrone, vestite di stoffa azzurra, con tavolinetto, e cioè la zona dove si legge, si fuma, e si ricevono gli amici. Niente luce centrale, ma due lumetti a parete, uno sul tavolo, e l'altro, a braccio flessibile, sopra le due poltrone. Sul dietro dell'armadio Anna aveva appiccicato certe riproduzioni di pitture e un paio di disegni originali, oltre al povero Di Vittorio, in modo da nascondere il legno grezzo e fare parete.

Un pomeriggio di sabato salutammo la signora De Sio, con l'intesa che le ultime cinquemila lire del conto gliele avremmo date alla fine del mese. Coi fotografi ci fu la promessa di rivederci presto. Io andai a cercare un meccanico col triciclo a motore, ci caricammo le nostre valigie e il pacco dei libri, Anna salì davanti, vicino al motociclista, e io stavo dietro sul cassone, in piedi, col cappuccio del mongomeri calato perché faceva freddo, e traversammo mezza città, fino alla casa nuova.

I Fisslinger quella sera stapparono una bottiglia di vino delle loro parti, per festeggiare la novità, e tutti e quattro in coro cantammo diverse cose, anche in lingua tedesca. La domenica rimasi a letto fino a tardi, e anziché andarmelo a prendere fuori, il caffè venne Anna a portarmelo a letto, caffè fatto in casa, e col caffè il giornale, ma poi tornò a letto anche lei, tanto i Fisslinger pranzavano fuori e noi restavamo proprio come padroni di casa. Nemmeno ci ricordammo di pranzare e nel tardo pomeriggio eravamo ancora addormentati.

La mattina dopo non cominciava soltanto un'altra settimana: io presi il tram per andare in ufficio, alla fermata nella piazza coi due cinematografi, in mezzo al gran traffico delle auto e della gente che sgambava verso il lavoro e a fare la spesa. L'aria era umida e il cielo tutto una nuvola. D'ora in poi ogni giorno avrei fatto quattro corse identiche sul tram, c'era il tesserino settimanale per lo sconto, lo davano in ufficio e quei pochi quattrini te li trattenevano poi sullo stipendio a fine mese, così era assicurata la libertà di movimento.

VI

E a guardare bene, questo trasloco in periferia, non-
ché allontanarci, ci avvicinava alla città. Finché fossimo
rimasti nell'isola attorno alla Braida del Guercio, della
città noi avremmo visto soltanto una fettina esigua, ati-
pica, anzi falsa; avremmo visto, daccapo, pittori capelluti, ragazze dai piedi sporchi, fotografi affamati, ma
non la città. Non si capisce Parigi standosene barbica-
to a Montmartre, né Londra abitando a Chelsea. Così
non si capisce questa città ruotando attorno alla cittadella guercia, dove il capocellula fa il parrucchiere per
cani, e i compagni sono così spaiati e balordi.

Nemmeno serve a qualcosa tentare l'occasionale
sortita verso le stazioni dei treni del sonno. In quel
modo si rischia di fare del superficiale giornalismo, di
assaggiare cioè dall'esterno una situazione sociale e
umana, e guardarla con gli occhi deformati dalla condizione tua personale. Non può capire niente chi vive
tutto l'anno al grande albergo e poi parte per quindici
giorni di viaggi nel paese dei tagliatori di teste. Costui
non soltanto non intenderà nulla dei tagliatori di teste,
ma rischierà, anche figuratamente, di rimetterci la
testa sua.

No, per intendere la città, per cogliere al disotto
della sua tesa tetraggine il vecchio cuore di cui molti
favoleggiavano, occorreva – adesso lo capivo – fare la

vita grigia dei suoi grigi abitatori, essere come loro, soffrire come loro. Far vita di quartiere, come suol dirsi, e magari anche vita di sezione, purché capocellula sia non il tosacani parigino, ma il fiero imbianchino che t'ha pitturato la camera, e compagni il garzone del lattaio, il vigile urbano, la massaia, il giornalista che ha una stanza nella pensione vicino a casa tua, purché cellula e sezione coincidano col tuo mondo quotidiano.

Di qui sarebbe nata la solidarietà, di qui il modo della riscossa, un milione e mezzo di formiche umane da stringere e scatenare contro i torracchioni del centro, contro i padroni mori e timbergecchi, contro i loro critici tirapiedi, e fare piazza pulita d'ogni ingiustizia, d'ogni sporcizia, d'ogni nequizia.

Adesso capivo che sarebbe stato inutile e sciocco far esplodere io da solo – o con l'aiuto di Anna e di pochi altri specialisti – la cittadella del sopruso, della piccozza e dell'alambicco. No, bisognava allearsi con la folla del mattino, starci dentro, comprenderla, amarla, e poi un giorno sotto, tutti insieme.

Perciò io ero contento di abitare in questa periferia popolana e laboriosa, di vivere in casa con una coppia tipica di immigrati da una zona sottosviluppata, l'Alto Adige o Tirolo meridionale che dir si voglia, come erano appunto i coniugi Fisslinger. I quali innanzi tutto fabbricarono con quattro vecchie tavole due stipetti da tenere nell'ingresso e riporci le scarpe, entrando da fuori. Perché entrando da fuori, se non volevamo sporcare le mattonelle lucidate a cera, conveniva togliersi le scarpe e infilare le ciabatte, che lì all'Upim si trovavano, da uomo e da donna, per poche centinaia di lire.

I due stipetti erano grossolani e senza sportelli, una cassa per ritto insomma, con un paio di ripiani; però sul davanti si poteva mettere un bel foglio di plastica a colori fantasia, e facevano la loro figura. La cucina era stretta per due coppie, bisognava tenerla in ordine, perciò ogni cosa andava ben allineata sopra due tavoloni a muro, uno per loro Fisslinger e uno per noi. E anche bisognava mangiare a turno: cucinare, mangiare e fare subito i piatti perché poi toccava agli altri cucinare, mangiare e fare i piatti.

Si sa, se lasci anche un piatto solo sporco nell'acquaio, subito vengono in folla le bestiacce. Una sera che Anna dimenticò un tegamino sporco d'uovo, rientrando trovammo la signora Fisslinger, la Inge, che correva su e giù per la cucina, battendo le mani per ammazzare un moscerino.

Appena alzati da tavola, i piatti. Anzi, era meglio tenere già pronta durante il pasto la pentolona sul fuoco per l'acqua calda della rigovernatura. E chiudere bene la porta di casa, a doppia mandata, prima di uscire. La porta di casa e anche tutte le finestre, perché eravamo a pianterreno. E per maggior sicurezza anche la porta di camera, come appunto facevano i Fisslinger. E gli sportelli dell'armadio a chiave.

La mattina, prima ancora che suonasse la sveglia, mi svegliava la Inge, la prima a levarsi: andava in bagno a lavarsi e poi spazzava la casa e dava la cera per terra. Lui, l'Erich, si alzava quasi contemporaneamente a me e subito telefonava, non ho mai saputo a chi.

"Pronto Ivanov," lo sentivo dire a bassa voce. "Sì, sono qui. Bene, e tu sei lì? Ah, ecco, tra poco vengo lì anch'io."

E riattaccava. Bisognava anche stare attenti al boiler, cioè allo scaldabagno, perché pareva che fosse d'un tipo speciale, che dopo quattro ore di accensione scoppia. Perciò, raccomandava la signora Inge, orologio alla mano, ogni volta che si accendesse il bagno. Succedeva qualche volta che nell'attesa ci venisse la voglia di fare all'amore, ma passate le quattro ore esatte la Inge bussava alla porta, interrompendoci.

"Signora Anna," diceva con voce sommessa ma insistente. "Signora Anna, il boiler."

E ci consigliava di non buttar via l'acqua calda, dopo il bagno, ma anzi di metterci i panni sporchi con un po' di detersivo in polvere, poi entrare nella vasca, tutti e due, e ritti in piedi pestare e pestare. È il principio della lavatrice automatica, spiegava Erich. Un giorno ci dissero di tenere ben chiusa la finestra di camera anche durante il giorno, perché nonostante le tendine la gente del palazzo di fronte vedeva ogni cosa, e s'erano lamentati in giro per lo spettacolo scandaloso.

Poche volte li intravedemmo, questi vicini, facevano capolino dalle finestre, e azzardammo un cenno di saluto, ma subito quelli abbassarono le tapparelle, come impauriti. E poi non si doveva cantare dopo le dieci di sera, perché da sopra cominciavano a bussare arrabbiati.

E spostare il letto, perché contro la parete com'era, dall'appartamento accanto sentivano i nostri discorsi letterecci, e l'inquilino un bel giorno andò a lamentarsi dalla portiera, che avvertì la signora Inge.

"Signora Anna, l'inquilino sente."

"Sente cosa?"

"Tutto."

"Tutto cosa?"

"Tutto quello che dite voi due a letto." Anna diventava rossa.

"E non riesce a dormire."

Erich rientrava all'una, e mentre la moglie era in cucina a preparare, lui si riattaccava al telefono. "Pronto? Landowski? Qui sono io. Sì, sono qui. Sono venuto subito qui, da lì. Tu sei ancora lì? Bene, ciao."

Poi mangiavano, la Inge lavava i piatti, spazzava

la cucina, dava la cera per terra e subito ripartiva verso l'ufficio delle gomme. Il sabato e la domenica mattina faceva le pulizie generali: sotto il letto, nel bagno, in cucina vuotava tutti i barattoli – del sale, della pasta fine, dei fagioli. Li vuotava sopra una carta gialla, puliva bene il vetro vuoto, e rimetteva la roba a posto. Il marito era di là a leggere il giornale, Anna e io in camera nostra a fare all'amore, ma col letto accostato all'altro muro. Bussando alla porta ci interrompeva la signora Inge.

"Signora Anna," diceva piano. "Signora Anna, mi sente? Faccia la cortesia. Guardi, io accendo il boiler e poi esco. Fra quattro ore esatte, faccia la cortesia, lo spenga, altrimenti quello scoppia. Signora Anna? Guardi, sono le tre e dieci, alle sette e dieci spenga, faccia la cortesia." Anna rispondeva di sì, e poi si ricominciava da dove eravamo rimasti.

Spesso la sera, dopo rigovernati i piatti, uscivamo a passeggio nella nebbia. Fuori non s'incontrava una persona, soltanto nel cono di luce sporca dei lampioni qualche larva imbacuccata e frettolosa che scantonava verso casa fra lo sfrecciare delle automobili nere. Uscendo dai cinematografi a mezzanotte precisa filavano a letto, e li vedevo in faccia solo nell'attimo che sostavano dinanzi al portone per tirare fuori la chiave e aprire. Là poi si rinserravano subito dentro. Non una finestra illuminata: a quell'ora tutti avevano sbarrato le imposte e dormivano.

Lì nei paraggi c'erano un paio di bar con la televisione, il padrone sul podio della cassa con gli occhi vigili, perché tutti consumassero qualcosa, e la gente stava ammutolita a guardare. Qualche volta con Anna ci entrammo, cercando di attaccare discorso con gli spettatori, ridendo alle papere del presentatore, il giovedì sera, ma la gente ci guardava appena, e un po' storto anzi, e una sera un tale borbottò: "Ma che cosa ci sarebbe da ridere? Sai la grana che si fa, quello, altro che ridere".

Dicevano tutti la grana. La grana e poi i dané. La grana sarebbe quella che si prende, i dané quelli che si pagano, mi pare di aver capito.

"Ci vogliono tanti dané," dicevano appunto le donnette la mattina al mercato rionale, che era un grande padiglione basso e largo proprio in mezzo alla piazza.

"Eh, sì, tanti dané." E così dicendo sostavano in fila silenziosa, tutte inteccherite davanti ai carrettini della frutta, dove un meridionale nero e berciante pesava le arance e le buttava in un imbuto di carta gialla. "Tanti dané."

"La grana, la grana," diceva invece il droghiere. Lo diceva con gli occhi, e con gli occhi stimolava il commesso, piccoletto e nervoso, a fare presto, a fare tanta grana e subito.

"Desidera?"

Bisognava essere svelti a dire che cosa, perché dietro urgeva altra gente, e la drogheria aveva nome di mettere tutto dieci lire meno delle altre, di farti spendere meno dané.

"Mezzo chilo di stoccafisso."

"E poi?"

"Una scatola di tonno."

"E poi?"

"Tre etti di acciughe."

"E poi?"

"Borotalco."

"E poi?"

"Una bottiglia di acquetta."

"Cosa l'è l'acquetta?"

"La varechina."

"Sa l'è la varechina?"

"La candeggina."

"Ah, e poi?"

Se non dicevi subito che cosa, dopo l'*e poi*, il commesso passava subito a un altro cliente, quello che ti stava fiatando ansioso nel collo, e a te toccava rifare tutta la coda daccapo. Così imparammo a rispondere a tono, e a entrare in negozio con le idee precise su cosa prendere.

"Uno e quaranta," urlava alla fine il commesso rivolto alla cassa, dove sedeva la figliola del padrone, una toscana grassa ma efficientissima. "Cinquanta, centocinquanta, sessantacinque, due e dieci. Uno, due, tre, quattro, cinque pezzi."

La toscana aveva già fatto il totale, si pagava, lei metteva un timbro sul conto, dava il resto e il foglietto timbrato, e con quello il commesso consegnava il pacchetto della roba.

Oltre il padiglione del mercato rionale c'erano l'ambulatorio, la chiesa con annesso oratorio che il sabato sera e la domenica faceva anche un po' di cinema, e consentivano l'ingresso anche ai miscredenti, e nemmeno tentavano di convertire, bastava pagare, bastavano quei pochi dané; poi c'era un budello corto di vecchie case e più oltre si apriva l'immenso sterrato dove un tempo facevano scalo i treni merci.

Abbandonata, la terra aveva buttato su sterpi, erbacce, marruche alte come un uomo, una specie di sottobosco incolto e ineguale, con buche, avvallamenti, montarozzi di scarico e di spazzatura. Di giorno ci andavano i ragazzini a giocare agli indiani, ma di notte si riempiva di larve indistinte in quella scarsa luce frammezzo alla nebbia che si abbioccolava sugli sterpi. A sostare nella strada vicina, le vedevi, contro i lumi opposti e lontani, muoversi, sparire, incontrarsi, dividersi ancora, scomparire. Sul ciglio della strada si fermava a tratti un'automobile coi fanalini rossi di dietro sempre accesi e dentro altre due larve che avvinghiate si contorcevano, grottesche.

Era una bolgia di purgatorio, e mai ho saputo con precisione se quelle larve fossero uomini oppure donne, persone vere o fantasmi. Ricordo una sera di sabato che avevo litigato con Anna per le solite storie, e mi aggiravo fra le marruche della bolgia con in corpo una gran cattiveria triste e pensieri atroci. Mi passò accanto una larva e sentii una specie di sibilo sottile e insistente, e allora decisi di scappare subito a casa, da Anna, di far subito la pace, ma proprio al principio del corto budello, accanto a un distributore di benzina, c'era un uomo steso per terra, di certo un ubriaco, perché spesso la sera del sabato si sentiva il canto iroso e sconnesso di qualche ubriaco rimasto solo. L'uomo per terra aveva i capelli bianchi e adesso guardava me con un sorriso ebete.

"Come va?" gli chiesi. "Vuoi una mano?"

Brontolò qualcosa in dialetto, di gola, si tirò su a sedere e mi tese la mano. Avevo capito che intendeva dirmi aiutami a rialzarmi in piedi, e infatti lo aiutai. Per un poco anzi lo sostenni sotto le ascelle, ma appena l'ebbi lasciato, e lui tentò di andarsene con le gambe sue, barcollò e cadde all'indietro.

Ci rimase secco, e mi guardava ancora, ma senza più il sorriso ebete, anzi con occhi di vetro, e quando mi chinai a vedere meglio scorsi un filo di sangue che gli usciva dalla nuca e si spandeva nero sul selciato. Al bar lì accanto avevo già visto quattro uomini senza cravatta che giocavano a carte, e così andai là, a dire che c'era un ubriaco ferito, e che da solo non ce la facevo a rimetterlo in piedi, e che anzi provandoci m'era caduto battendo la testa. I quattro alzarono appena gli occhi, senza dire niente.

"Be'," fece poi uno, visto che io non me ne andavo.

"C'è un ubriaco là per terra."

"E allora?"

"Datemi una mano a rialzarlo."

"Si rialzerà da sé."

"Non ce la fa. L'ho aiutato io, ma m'è ricaduto e perde sangue."

"E noi cosa ci entriamo? È successo a lei, no? Se la veda lei." E riattaccarono a giocare a carte.

"La croce rossa," mi disse allora una donna che stava lì vicino seduta davanti a un bicchiere. "Telefoni alla croce rossa."

Andai al banco e chiesi dov'era il telefono.

"Non è a gettone," mi disse l'uomo.

"Mi faccia telefonare lo stesso."

"Non è a gettone," ripeté. "Là davanti, vada. Quello è a gettone."

Là davanti mi rivolsi alla cassiera: "C'è un ferito per strada, mi dia il numero della croce rossa, per favore".

"Vuol telefonare da qui?"

"Sì, non è un telefono pubblico?"

"Sì, ma mi raccomando, non faccia il nome del locale, questo è un locale per bene e non vogliamo storie con la croce rossa."

"Va bene, non faccio nomi. Mi dia il numero."

"Se lo cerchi sulla guida." E mi indicò il mobiletto sotto il telefono. Cercai il numero, poi chiesi il gettone.

"La moneta," fece la donna.

"Cosa?"

"Le venti lire."

Gliele diedi ed ebbi il gettone. La croce rossa prima risultò occupata, poi mi dissero che l'autoambulanza era fuori, ma che avrebbero provveduto subito: chiesero la strada, e io gliela indicai. Rimasi là fuori sul marciapiede, con le mani in tasca, e di fronte vedevo la figura del vecchio sempre stesa sul selciato. Qualche larva, rincasando, quasi si inciampò. Venne una coppia, scartarono per non pestarlo, e tirarono diritto.

Io restavo lì, fermo, e non potevo farci nulla: non muovere l'ubriaco, perché aveva battuto il capo e io sapevo che può essere molto pericoloso. Non chiedere aiuto a qualcuno, perché tutti badavano ai fatti loro. Solo attendere che arrivasse l'ambulanza. Dopo un po' decisi di tornare a casa, anche per raccontarlo ad Anna, ma lei era sempre rabbiosa contro di me, e se ne stava curva al tavolino, a far finta di leggere. Mi stesi sul letto senza spegnere la luce, e sentivo quanto era ostile, Anna, dietro l'armadio, perciò non le dissi nulla. Stavo così, zitto e teso, a occhi aperti. Passò un'ora prima della sirena dell'ambulanza. Il giorno dopo, in tram, cercai nella cronaca e ci lessi appunto che un ubriaco sessantacinquenne, non identificato sinora, era morto per frattura della base cranica, in seguito a una caduta da ritenersi accidentale.

Del resto succedeva ogni giorno, mi spiegarono i colleghi in ufficio quando glielo raccontai: un malato d'infarto che muore sul marciapiede davanti all'ingresso dell'ospedale, senza poterci entrare perché non ha pronti i soldi del deposito o in regola le marchette della mutua; intere famiglie falciate da un camion con rimorchio, vecchiette stritolate dalle ruote del tram perché non hanno saputo salire a tempo, e sono rimaste con un piede impigliato nelle porte automatiche.

Ingenuo ero io a meravigliarmene. A New York, per esempio, altro che qui! Centinaia di morti ogni giorno in incidenti del genere. E anche a Londra. E a Calcutta migliaia di morti di fame, ogni giorno. Il mondo è fatto in questo modo, non l'avevo ancora capito?

VII

Ogni giorno io trascorrevo in tram almeno un'ora e mezzo. Bene, chi non sa può forse credere che, viaggiando su quel mezzo pubblico quarantacinque ore ogni mese, in capo all'anno uno debba avere fatto centinaia di conoscenze, decine di amicizie.

Per esempio, quelli che per ragioni di lavoro prendono ogni giorno l'accelerato fra Follonica e il paese mio, li vedrete salutare dal finestrino casellanti e capistazione, preoccuparsi se a Giuncarico non sale, come ogni mattina, il Maraccini, e poi domandare perché e come sta, ai conoscenti. Il conduttore nemmeno chiede più il biglietto, caso mai si ferma un momento, ti si siede accanto, accetta una sigaretta, s'informa se andrai anche tu a ballare a Braccagni, il sabato. Molti si sono sistemati così, incontrando sull'accelerato la futura sposa, per esempio mio zio Walter, che lavora nelle ferrovie, e che potendo si risposerebbe anche, perché di belle ragazze in treno se ne incontrano parecchie, e non è difficile attaccare.

Qui no. Ogni mattina la gita in tram è un viaggio in compagnia di estranei che non si parlano, anzi di nemici che si odiano. C'è anche un cartello che vieta le discussioni al personale, e minaccia l'articolo 344 del codice, contro l'ingiuria nei suoi confronti. Così la gente subisce spaurita e silenziosa i rabbuffi gutturali del bigliettaio, che sollecita continuo e insistente di andare avanti, come facevano un tempo le zie dei casini, e dosa parsimoniosamente l'apertura delle porte automatiche, e si richiama quando necessario al regolamento. "Siamo passibili di sanzioni disciplinari," precisa.

Il conducente siede cupo e serio, pronto col piede sul campanello, quando sulla strada si pari un veicolo o un pedone. Il bigliettaio sta dietro, sollecito ai rabbuffi dei viaggiatori e al dosaggio della porta automatica. La gente li rispetta e li teme e li odia, e del resto odia tutto il suo prossimo.

È difficile riconoscere una faccia, anche se fai tutti i giorni, per anni, la solita linea. Questo anche perché si somigliano tutti, i passeggeri del tram. Ci sono tre tipi fondamentali di faccia: la faccia del ragioniere in camicia bianca, con gli occhi stanchi di sonno già alle otto del mattino, talvolta i baffetti, sempre due solchi profondi che partono da sotto le occhiaie bluastre e arrivano agli angoli della bocca; poi c'è la faccia disfatta della casalinga, che va al mercato lontano perché si risparmia un po' di dané, e nonostante l'ingombro della sporta piena è sempre la prima a salire; infine c'è la dattilografetta con le gambette secche, che ha una faccia smunta, stirata, alacre, color della terra, color del verme peloso che striscia sulle foglie dei platani.

Non si vede altro. Certe magnifiche ragazze le incontri soltanto dopo le cinque del pomeriggio, a piedi nelle vie del centro: hanno le gambe lunghe e tornite, un incarnato di porcellana, il sedere alto e tondo, superbo. Ti chiedi come facciano a ritornare a casa, perché sul tram non le incontri mai. Ma forse hanno qualcuno che le riaccompagna in macchina, e così fanno una vita sempre divergente dalla tua.

Incontrerai queste dattilografette, invece, che sono la vera spina dorsale dell'import-export, del commercio, delle attività terziarie e quartarie. Secche di gambe, piatte di sedere, sfornite di petto, picchiettano dalla mattina alla sera, coi tacchi a spillo, sugli impiantiti lucidati a cera, e poi su un pezzetto di marciapiede, fino alla fermata del tram.

Ora, i tacchi a spillo sono stati inventati per spostare il baricentro della figura femminile, dandole così un portamento sessuato e cattivante. Allo stesso scopo in Cina scorciavano un tempo i piedi delle bambine; così da grandi avrebbero avuto il baricentro spostato, e l'andatura di cui si diceva sopra. Tutto questo vale purché l'incesso della donna sia lento e armonico. Se invece la donna vuole essere, oltre che sessuata, efficiente, e sui tacchi a spillo ci va di premura, di prescia, di fretta insomma, allora lo spostamento del baricentro provoca una scossa sgraziata che si scarica sulle gote e le fa sconciamente vibrare.

Le vedevo ogni mattina, queste vibratrici di gote, immobili alla fermata del tram, terree fra la folla dei ragionieri in camicia bianca e delle massaie con la sporta. Scattavano tutte insieme all'arrivo della vettura, e mai una volta mi è riuscito di non salire per ultimo.

Persino quelli che hanno al bavero lo scudetto dell'associazione mutilati e invalidi mi passavano avanti, persino gli sciancati e i paraplegici e gli zoppi erano più svelti di me, e con una gamba sola. Mai trovato posto a sedere, nemmeno le mattine che mi svegliavo prima dell'ora, e avevo il tempo di farmi una passeggiata fino al capolinea. Ho scoperto poi che l'amministrazione ha fatto i suoi studi, e ordinato che il tram si muova dal capolinea solo quando tutti i posti a sedere sono occupati.

E anche a trovare posto, alla prima fermata c'era

sempre qualcuno con una gamba sola che fulmineo, avanti a tutti come Enrico Toti, saliva in vettura; e io allora dovevo cedergli il posto, a quest'eroe. E anche alla vecchia vedova vestita di nero, sotterratrice di chissà quanti mariti, che pure aveva diritto al suo posto a sedere.

No, hanno ragione quelli che dicono che io sono rozzo, che non mi so muovere. È vero, io non so nemmeno camminare, e una volta mi arrestarono per strada, soltanto perché non so camminare. E poi mi licenziarono per lo stesso motivo.

Così come licenziarono Carlo, un nobile amico e vero signore, soltanto perché, dicevano gli altri, gli attivisti, non sapeva parlare, era lento di pronuncia e rallentava il ritmo di tutta la produzione. Io non cammino, non marcio: strascico i piedi, io, mi fermo per strada, addirittura torno indietro, guardo di qua e guardo di là, anche quando non c'è da traversare. Sorpreso in atteggiamento sospetto, diceva appunto al telefono quel maresciallo della buon costume, dopo che mi ebbe fermato, caricato sul furgone nero e portato in questura.

"Come atteggiamento sospetto?" chiesi io un po' risentito.

"Allora lei vuol fare il furbo, nè?" disse. "Lei camminava lentamente, e si è fermato due volte. Dove andava?"

"A passeggio."

"Ah sì, a passeggio? Lei va a passeggio senza cravatta? Da solo? E non tira dritto per la sua strada? Va così lentamente? E si ferma?"

Mi tennero chiuso a chiave una nottata intera, e intanto presero informazioni, ma non risultò nulla e mi rimandarono a casa con tante scuse.

"Ma anche lei, benedetto ragazzo," concluse il maresciallo della buon costume, paterno adesso. "Anche lei, girare così."

E mi licenziarono, soltanto per via di questo fatto che strascico i piedi, mi muovo piano, mi guardo attorno anche quando non è indispensabile. Nel nostro mestiere invece occorre staccarli bene da terra, i piedi, e ribatterli sull'impiantito sonoramente, bisogna muoversi, scarpinare, scattare e fare polvere, una nube di polvere possibilmente, e poi nascondercisi dentro.

Non è come fare il contadino o l'operaio. Il contadino si muove lento, perché tanto il suo lavoro va con le stagioni, lui non può seminare a luglio e vendemmiare a febbraio. L'operaio si muove svelto, ma se è alla catena, perché lì gli hanno contato i tempi di produzione, e se non cammina a quel ritmo sono guai. Ma altrimenti l'operaio va piano, in miniera per esempio non si mette mai a battere i piedi e il falegname se la fa con calma, la sua seggiola o il suo tavolino, con calma e precisione, e l'imbianchino ti resta in casa una settimana solo per scialbare una stanza.

Ma il fatto è che il contadino appartiene alle attività primarie, e l'operaio alle secondarie. L'uno produce dal nulla, l'altro trasforma una cosa in un'altra. Il metro di valutazione, per l'operaio e per il contadino, è facile, quantitativo: se la fabbrica sforna tanti pezzi all'ora, se il podere rende.

Nei nostri mestieri è diverso, non ci sono metri di valutazione quantitativa. Come si misura la bravura di un prete, di un pubblicitario, di un PRM? Costoro né producono dal nulla, né trasformano. Non sono né primari né secondari. Terziari sono e anzi oserei dire, se il marito della Billa non si oppone, addirittura quartari. Non sono strumenti di produzione, e nemmeno cinghie di trasmissione. Sono lubrificante, al massimo, sono vaselina pura.

110

Come si può valutare un prete, un pubblicitario, un PRM? Come si fa a calcolare la quantità di fede, di desiderio di acquisto, di simpatia che costoro saranno riusciti a far sorgere? No, non abbiamo altro metro se non la capacità di ciascuno di restare a galla, e di salire più su, insomma di diventare vescovo.

In altre parole, a chi scelga una professione terziaria o quartaria occorrono doti e attitudini di tipo politico. La politica, come tutti sanno, ha cessato da molto tempo di essere scienza del buon governo, ed è diventata invece arte della conquista e della conservazione del potere. Così la bontà di un uomo politico non si misura sul bene che egli riesce a fare agli altri, ma sulla rapidità con cui arriva al vertice e sul tempo che vi si mantiene. E la lotta politica, cioè la lotta per la conquista e la conservazione del potere, non è ormai più – apparenze a parte – fra stato e stato, tra fazione e fazione, ma interna allo stato, interna alla fazione.

Allo stesso modo, nelle professioni terziarie e quartarie, non esistendo alcuna visibile produzione di beni che funga da metro, il criterio sarà quello. Sei diventato vescovo? No? Allora vatti a riporre. La concorrenza? Che t'importa della concorrenza? L'importante è fare le scarpe al capufficio, al collega, a chi ti lavora accanto.

Il metodo del successo consiste in larga misura nel sollevamento della polvere. È come certe ali al gioco del calcio, in serie C, che ai margini del campo, vicino alla bandierina, dribblano se medesime sei, sette volte, e mandano in visibilio il pubblico sprovveduto. Il gol non viene, ma intanto l'ala ha svolto, come suol dirsi, larga mole di lavoro. Così bisogna fare nelle aziende di tipo terziario e quartario, che oltre tutto, ripeto, non hanno nessun gol da segnare, nessuna meta da raggiungere.

E poi badare ai marcamenti. Marcamenti a zona, marcamenti a uomo, Radice su Corso, David su Bettini, Salvadore su Hitchens liberando Maldini il capitano, il Cesare nostro, che è grande ma l'è anca un po' ciula. Il marcamento di primo tipo giova ai piani minori, e se ne servono infatti le segretarie d'ogni livello, che io conosco meglio di ogni altro in Europa sia per esperienza diretta, sia per approfondimento teorico degli studi, essendo io, pur senza figurare, l'autore della più usata e citata trattazione sull'argomento.

La segretaria ideale dunque marca a zona, si sceglie un settore e lo fa diventare importante. Basta anche un settore umilissimo, anzi è meglio. Ho conosciuto una segretaria che sapeva soltanto leccare le buste e i francobolli, eppure diventò indispensabile, perché fece in modo che il pensamento e la stesura delle lettere diventassero attività sussidiarie del leccamento suo.

"Le mie lettere, dottàre," diceva slabbrando le vocali. "Scusi se le faccio premura, abbia la cortesia di dettare le mie lettere, che debbo spedirle."

Ho conosciuto telefoniste che in pratica dirigevano aziende di media grossezza. "Il suo nome per favàre," dicono slabbrando la vocale, oppure, strizzandola: "Il suo nome prigo".

Devi dirgli il nome e il motivo della comunicazione, altrimenti quella si impunta, ti dice: "Lei non vuol callabarare con me" e non ti fa parlare, né camunicare col cammandatare. Basta che una di queste segretariette, con le sue gambette secche e il visino terreo, si impadronisca d'un pezzo di tubatura aziendale, e lo intasi, perché poi tutto si subordini a lei.

Spirito d'iniziativa, e ambizione, che io stesso raccomandai come qualità indispensabile alla segretaria d'azienda, non mancano mai; nonostante l'aspetto fragile hanno una fibra durissima. Mentre l'uomo ha sulle spalle millenni di storia faticosa e ingrata, la donna esce appena oggi dalla soggezione, fresca e riposata, carica di energia e di voglia di rifarsi contro l'oppressore maschio.

Lo sposa, per avere alle spalle una copertura sociale ed economica. Così non ha l'assillo del bilancio mensile, a cui pensa il marito. Se per avventura a lei passa la voglia di lavorare, chi porta il pane a casa ce l'ha. Però lavora, lei, quindi ha diritto di avere una sua personalità, anzi di possedere una personalità, e quando ovula o mestrua esige che in casa ci sia silenzio e raccoglimento, perché lei è una persona, una persona con le sue cose, e va rispettata.

Al marito si concede la sera del sabato, e rapidamente, perché è stanca e ha da fare. Lui, certo, può piantarla, ma in tal caso le passerà gli alimenti. Se muore, come spesso accade, la pensione va alla vedova, mentre non vale il contrario.

Con queste premesse l'intasatrice aziendale può arrivare dove vuole. Basta che marchi a zona, che non molli il telefono, i francobolli e la scrivania. Ho visto segretarie rischiare di sgravarsi in ufficio, allo scoccare del nono mese, solo perché non volevano mollare il marcamento, divellersi dalla scrivania, staccare la zampetta dal ricevitore.

I dirigenti maschi più astuti se ne sanno giovare, e dispongono loro i marcamenti. Si vede subito chi è destinato a fare carriera, si vede perché per prima cosa riesce a farsi dare una segretaria, magari mezza, così per cominciare. Ha il telefono lì sul tavolo, gli basterebbe fare il numero e chiacchierare, e invece no, suona il campanello, chiama la segretaria, le ordina di cercargli il numero e di dargli la comunicazione, e mentre quella armeggia col disco bucato, lui sta impassibile ad aspettare che l'altro sia in linea. Non se la tira sulle ginocchia, non le tasta il sedere, no. Queste sono barzellette, e lui sa che la segretaria è asessuata, sa che la segretaria serve a tenere i marcamenti, a fare polvere, a dare la sensazione dell'attività.

I grossi dirigenti hanno almeno due segretarie generali, ciascuna delle quali mette poi al mondo per partenogenesi due segretariette più piccine, e avanti così, per geminazione, secondo vuole la legge di Parkinson. Ai marcamenti a zona provvedono loro, al dirigente resta da badare agli altri, cioè ai marcamenti a uomo.

L'uomo da marcare è il superiore più alto accessibile, in ipotesi ideale è il padrone, il moro, il Timber Jack. Occorre stargli alle costole di continuo, non dargli mai il tempo di ricevere la palla, bisogna anticiparlo sempre, avere le sue idee un attimo prima che egli si accorga di averle. Il dirigente destinato a far carriera ha miriadi di idee, anzi le ha tutte, quanto più contraddittorie tanto meglio, perché contraddittorio e capriccioso è il padrone. Dirà il questo e il non-questo, il quell'altro e poi il suo opposto, tutto filato, senza scarti né pause.

E non si creda che sia sempre utile l'atteggiamento supino e servile. Spesso anzi bisogna dare torto al padrone, ma beninteso quando il padrone, per una sua libidine neocapitalistica, brama che gli si dia torto. Ho conosciuto dirigenti che contavano di far carriera dicendo sempre di sì: entro l'anno erano tutti liquidati. Non che il padrone li cacciasse: li metteva in condizione di andarsene. Era capace di tenerli tre giorni in anticamera, saltando i pasti, e poi di chiamarli ad alta voce, in modo che sentissero tutti:

"Stronzo!" cantilenava il padrone, quasi gioviale. "Stronzetto! Vieni, vieni che mo' parliamo."

Ma soprattutto, ripeto, marcare l'uomo. Se il padrone va in crociera alle Baleari, o nella rada di Spalato, o nel mare di Ulisse, al ritorno troverà il suo uomo in attesa sul molo, per dargli le ultime novità. Rincasando con la sua masnada di portatori e di guide dalla caccia allo stambecco in Stiria, al Brennero ci sarà il suo uomo, con la borsa gonfia di carte sottobraccio, e nuove proposte, e nuove idee, perché il padrone che torna dalle vacanze è fresco, scattante, aggressivo, e bisogna anticiparlo subito.

E lo avrà accanto nelle riunioni, nei cocktail, nelle feste familiari, e vedrà la propria consorte strettamente marcata anch'essa, dalla consorte del dirigente, donna di solito sensibilissima al mutare degli umori e degli amori padronali, rapida a cambiare direzione ai suoi regaluzzi, baciuzzi, vezzucci. La moglie del padrone sa quando si approssima il congedo, la liquidazione, il divorzio, proprio dal mutato atteggiamento della moglie del dirigente.

Il quale doserà da par suo i licenziamenti dei sottoposti. Egli sa che il padrone ha bisogno non soltanto di udire idee e proposte nuove, ma anche di vedere facce diverse, personale continuamente rinnovato, in rotazione; perciò periodicamente, e di solito a settembre, quando il padrone torna dalle vacanze ed è aggressivo, licenzia qualcuno. O meglio, fa in modo che il padrone creda di aver licenziato di sua iniziativa il dipendente fin allora stimatissimo.

È un'operazione che può durare anche fino a ottobre, ma il succo, la linea del discorso me la spiegò da par suo un mio amico livornese. Succede così: il dirigente va dal capo e gli parla del dottor Rossi.

"Ottimo elemento, vero ingegnere?" gli dice. E l'ingegnere, con la sua vocetta di marrano:

"Ah, sì, quel Rossi, ottimo elemento. Bravo. Aumentategli lo stipendio".

"Sì, ingegnere, elemento di prim'ordine, attivo, preparato, generoso. E pensare che ieri si è messo a letto con un ginocchio gonfio."

"Ah sì? Mi dispiace, povero Rossi. Gli mandi subito i miei auguri, e delle sigarette. Fuma quel Rossi, nevvero?"

"Certo, ingegnere. Fuma e soffre, povero Rossi. È stata una brutta caduta."

"Domenica a sciare, immagino, no?"

"Macché, ingegnere, è caduto in ufficio, pensi. È scivolato."

"Ma senti! La cera, la cera sui pavimenti. L'ho sempre pensato, io, che queste donne delle pulizie esagerano, con la cera. Dia disposizione, dottore, che non esagerino con la cera."

"No, vede ingegnere, la cera non c'entra. Rossi è scivolato su certe monetine, che erano cadute sul pavimento."

"Monetine? Oh strano! Gli saran caduti di tasca gli spiccioli, immagino, no?"

"No, ingegnere, non di tasca. Dal cassetto. Erano cadute dal cassetto. Aprendolo son finite per terra."

"Ma non le pare poco prudente tenere il danaro nel cassetto della scrivania? Nel proprio ufficio? Non è un po' sbadato, questo Rossi? I soldi si tengono in tasca, non le pare?"

"No, vede ingegnere, non è successo nell'ufficio di Rossi, no. Le monetine non sono cadute dal cassetto della sua scrivania..."

"E dove è successo, dunque? Mi dica, dottore, mi dica. Parli."

"Be', vede ingegnere, è stato giù in amministrazione."

"Quando?"

"Ieri notte."

"Ieri notte?"

"Sì, vede ingegnere, quando Rossi ha forzato il cassetto dei quattrini, nella fretta non si è accorto che in mezzo al pacco dei biglietti da diecimila c'erano anche certi spiccioli. Il pacco se l'è messo in tasca, ma gli spiccioli sono caduti, rotolando in giro. Così, correndo via per uscire, al buio è scivolato sulle monetine e si è rotto il ginocchio."

Così Rossi viene licenziato in tronco, senza liquidazione, ma anche senza che, per il buon nome della ditta, si faccia parola del furto. Già però Rossi, se ha una sua sensibilità, s'era accorto del pericolo incombente.

Tutto comincia il giorno che ti cambiano di stanza, col pretesto dello spazio te ne danno una più piccola da dividere con altra persona; e il tavolo tuo sarà quasi sempre più basso, più stretto, più scomodo, e piazzato dietro la porta, sì che, entrando, un ospite veda subito il tuo collega, ma non te.

O addirittura può accaderti di restare senza locale, senza scrivania, senza sedia: ciò avviene in genere approfittando dei traslochi. Infatti, quando una ditta cambia sede, si noterà sempre un'affannosa corsa alla stanza migliore, più appariscente, più centrale, meglio arredata. Chi nel bailamme è riuscito ad arraffare una stanza tutta per sé, di solito viene immediatamente premiato con un aumento di stipendio e di autorità. Chi invece, per sua incuria e pigrizia, resta senza nemmeno la sedia, viene subito licenziato. L'ho visto fare più volte, questo scherzo, e volendo potrei citare nomi e dati precisi.

A me accadde, sempre dopo la fine delle vacanze (il settembre, ripeto, è il mese tipico dei licenziamenti), d'essere messo alla scelta fra un sottoscala e un terzo di stanzuccia, con tavolo dietro la porta, e orientato in modo che entrando, il vetro smerigliato anda-

117

va a sbattere contro lo spigolo e si rompeva fragorosamente, e questo diventava un altro elemento negativo, che preludeva al licenziamento.

Ma poi, se proprio non sei ottuso, te ne accorgi perché cambia anche l'aria attorno a te: i colleghi perdono man mano ogni consistenza fisica, sono gli stessi, ma paiono vuotarsi della loro sostanza spirituale. Ti guardano, ma pare che non ti vedano, non sorridono più, mutano anche voce, hai l'impressione che non siano più uomini, ma pesci, non so, ectoplasmi, baccelloni di ultracorpo, marziani travestiti da terricoli.

Dicono: "Ah sì, ah sì, eh davvero, molto interessante". Chiedi una cosa qualunque, che riguarda il lavoro, e quelli dicono: "Ah non so, non ho visto, non ho sentito. Non ci sono disposizioni". Il lavoro già da un paio di settimane ti è sfuggito, vedi gli altri passarsi carte, ma non una approda sul tuo tavolo, e tu resti lì con le mani in mano, non osi chiedere, perché sai che ti risponderebbero sempre in quel modo, vai al gabinetto, e rischi di restarci chiuso da una segretarietta secca che finge di essersi sbagliata.

"Ah, c'era lei, dottàre? Non l'avevo vista, sa."

Soltanto una dattilografetta, di solito la più giovane, incontrandoti per caso sul tram ti guarda impietosita. "Come sta, dottore?" chiede, e dal tono della voce a te viene il sospetto d'avere un brutto colorito, di star male.

La lettera di licenziamento, tutto sommato, è una liberazione, perché ti annulla definitivamente e ti lascia libero di reincarnarti altrove. "Tu avrai già capito perché ti ho fatto chiamare," dice il dirigente, e non aggiunge altro. Raccogli le tue robe, sfili davanti a porte chiuse, da dove non viene né una voce né un suono, non incontri nemmeno la telefonista, nessuno per le scale, anche il portiere ha abbandonato il suo abitacolo a vetri, e ti ritrovi nel turbinio della strada. Voltando l'angolo prendi una gran spallata da un camminatore frettoloso, che oltre tutto si volta a guardarti male.

Il giorno dopo dovetti tornare su per la liquidazione, e un collega mi disse: "Ah, ciao, ma tu sei sempre qui?". E poi vidi due segretarie che disinfettavano il mio tavolo. Certe lettere personali dimenticate in un cassetto le avevano già bruciate. In amministrazione spiegarono che, per il mio bene, i quattrini della liquidazione avevano deciso di darmeli a rate. "Altrimenti li finisci subito. È meglio così: continui a prendere per sei mesi il tuo regolare stipendio, e intanto hai il tempo di trovarti un'altra occupazione."

Così alla fine del mese ero lì in amministrazione, con tutte le donne secche dietro il bancone a battere sulle calcolatrici e a riportare i numeri da un foglio all'altro, senza alzare gli occhi né dirmi: "Desidera?". Io mi vergognavo di dover chiedere quei soldi, avrei avuto voglia, se non fosse stato per il gran bisogno, di andarmene senza dire nulla, anche perché le amministratrici, quando a colpi di tosse io riuscivo a farmi notare, mi dicevano:

"Scusi sa, ma non potrebbe ripassare domani? Oggi siamo rimaste sprovviste di contante".

E ogni mese cresceva la mia vergogna, perché col passare delle settimane si dimenticavano sempre di più il mio nome, e ogni volta dovevo ripetere chi ero, e perché venivo, e a che titolo mi spettavano i quattrini. E poi le amministratrici dovevano andare a consultare la pratica, e telefonare di sopra se i soldi mi spettassero davvero, e poi dicevano:

"Sì, è giusto. Ma oggi siamo sprovviste di contante. Potrebbe ripassare domani?".

A volte mi capitava di incontrare un collega, in

circolazione anche lui per chiedere soldi. "Ah, sei sempre qui, tu?" E intanto mi andavo cercando un'altra occupazione.

Ma non è facile quando ti hanno buttato fuori da un posto trovarne subito un altro. Di te personalmente magari non si ricordano, ma il nome e il caso hanno fatto il giro della città, e tu sei quel tale cacciato via per scarso rendimento, e un dirigente non se la sente di assumerti. Seppure ti prendono, lo stipendio sarà inferiore e la tua posizione per nulla forte. Magari riesci a ficcarti da qualche parte, ma una volta dentro ti sbeffeggiano, le segretarie e le dattilografe ti ridono dietro, e nemmeno rispondono se chiedi una penna a sfera; non trovi mai la sedia, sul tuo tavolo mettono le carte e le robe loro, gli sgabelli, le stufette elettriche, i cestini della cartaccia, e dopo poco ti mandano via un'altra volta perché, dicono, non sai farti valere e organizzarti il lavoro.

Io avevo una gran paura. "Macché," diceva Anna, "stattene tranquillo, lavoro ne trovi quanto ti pare. Poi ci sono io, no?"

"Tu a fare cosa?"

"Ti batto a macchina, no?"

"E mi batti cosa?"

"Il lavoro. Ce ne stiamo a casa nostra, belli tranquilli, tu detti e io scrivo."

"Sì, ho capito, ma cosa scrivi?"

"Il lavoro."

"E chi ce lo dà, il lavoro?"

"Ma stai tranquillo che arriva."

Però la mattina io mi svegliavo presto, restavo con gli occhi aperti a fissare il filo di luce che filtrava dalle tapparelle, ogni tanto tiravo su col naso, e davo un colpetto di tosse. Lì accanto Anna dormiva tranquilla e incosciente.

Se non trovo lavoro, come faccio? Certo, alla fine del mese, e per sei mesi, i soldi dello stipendio c'erano, ma finiti i sei mesi? Facevo a mente la somma: l'affitto, i quattrini a Mara, la luce, la rata dei mobili, l'altra del vestiario, perché m'ero dovuto comprare un cappotto, una giacca e due paia di calzoni, tutto a rate. Restavano i soldi per campare tutto il mese, forse, calcolando mille e cinquecento lire al giorno, ma le sigarette ci entravano? E se poi da qualche parte sbucava un debito dimenticato, buttando all'aria i miei conti?

Anna addormentata in quel modo, incosciente, mi faceva rabbia. Batteva a macchina, lei. Brava, lei. Ma cosa batteva a macchina, se nessuno mi avrebbe dato niente da farle battere? E poi, anche a sperare di averlo, del lavoro a casa, ero poi certo di saperlo fare, e che andasse bene al datore di lavoro? Un collaboratore esterno nuovo è sempre guardato con sospetto, io lo sapevo per pratica. Dentro alle aziende si forma sempre un giro di affari e di massonerie, e gli intrusi vengono tenuti alla larga. Magari uno ne trovi, che per la sua politica dei rapporti di forza ti introduce, ma se poi i rapporti mutano, e se quello che ti dà lavoro perde d'importanza, tutti gli si buttano contro, dicono subito che non ha saputo scegliere i collaboratori esterni, e dimostrano che per esempio un incapace come te, buttato fuori due volte per scarso rendimento, solo lui poteva essere così cretino da assumerlo.

Io queste cose le avevo già viste succedere, e sapevo che il collaboratore esterno è come uno che stia in terrazza quando tira vento e piove. Dentro le aziende è come in una camera calda, al peggio come dentro un gabinetto, maleodorante certo, ma riscaldato e riparato. Fuori invece tutti i venti sono tuoi, e non c'è nemmeno più bisogno dei mesi di guerra dei nervi per scacciarti: basta non farsi più trovare quando telefoni, e intanto passare in giro la voce che sei un cretino, oppure un lavativo.

La bolletta del monte. Il ricordo arrivava improvviso come un calcio nei lombi. Gli anelli, lo ricordavo, ero andato io a impegnarli tre mesi prima, e fra due giorni il prestito scadeva, così bisognava o riscattarli o pagare la proroga. E la signora De Sio, se telefonava chiedendo quelle cinquemila lire? E se poi mi fossi ammalato? Un medico per meno di duemila lire non ti visita, e poi ci sono le medicine. Quella tossetta secca al mattino cosa voleva dire? Era ora che mi facessi vedere, altrimenti sarei finito come il povero Aldezabal: la bronchite cronica non soltanto è fastidiosa, ma diminuisce il rendimento, se non la curi in tempo, e quando uno non rende non guadagna.

A un certo punto non potevo più stare a letto. Bisognava che uscissi a prendere un caffè, e così mi tiravo via da sotto le lenzuola, piano piano per non svegliare Anna, quest'incosciente sempre addormentata. Le sue otto ore di sonno non gliele levava nessuno, a lei. Tanto batteva a macchina, lei, e non si preoccupava di niente. Fuori c'era la solita gente che trottava a far le spese, le solite macchine a corsa, i baristi a sbattere il filtro sul cassettone delle fondate, ad abbassare le leve della macchina per gli espressi. Ma almeno uscendo sparivano i pensieri neri e dopo una mezz'ora, rientrando, trovavo Anna che cominciava ad aprire un occhio.

"Torna a letto, dai." E per un'ora dimenticavo ogni cosa, ma dopo, in quella pausa di stanchezza, ritornavano i pensieri, e siccome Anna mi chiedeva a che cosa pensassi, ricominciavano i conti e le paure.

"Ci sono anche gli anelli da riscattare, lo sai?"

"Come, di già?"

"Eh sì, li impegnammo il quindici, e siamo al dodici. O si riscattano o si paga la proroga."

"Ma quant'è la proroga?"

"Cinquecento lire."

"Be', cinquecento lire le troviamo."

"E il viaggio fin là al monte? Va persa una mattinata."

"Ci vado io."

"Ma te lo ricordi?"

"Sì sì, me lo ricordo."

"Ne sei sicura?"

"Ti dico di sì."

"E ti svegli in tempo?"

"Che orario fanno?"

"Chiudono alle dodici e un quarto, riaprono alle due e un quarto e chiudono alle quattro meno un quarto."

"Sì sì, sono sveglia, per il quindici."

"E la signora De Sio?"

"Come, la signora De Sio?"

"Ci sono le cinquemila lire del debito."

"Be', aspetterà."

"Aspetterà? Ma quella telefona, lo sai."

"Me la sbrigo io, tu non ci pensare."

"Ma se telefona mentre tu dormi?"

"Ma stai calmo, lascia fare a me."

"Sì sì, tu dici sempre così, e poi nei pasticci ci resto io. Tanto per cominciare, che bisogno c'era di dargli il nostro numero, alla signora De Sio?"

"Sai, volevo sapere come sta la bambina, poi lei ha detto vediamoci qualche volta, mi dia il suo numero."

"E tu non glielo dovevi dare."

"Ma tanto lo trovava anche da sé, con tutta quella gente che ci conosce, là dalle sue parti."

Si voltava verso il muro e richiudeva gli occhi.

"Anna..."

"Sì?"

"Credi che ce la faremo?"

"Ma sì che ce la faremo. Il lavoro qui non manca a nessuno."

"Ma a me lo daranno?"

"Sicuro che te lo daranno. Mica sei più fesso di tanti, no?"

"Ma vedi, non è questione di essere fessi. Il lavoro lo danno a chi gli fa comodo. Bisogna entrare in un giro, lo sai?"

"E tu entra in un giro. Mica sarà difficile, no?"

"Ma lo sai che sono poco adatto per queste cose."

"Ma via, testone, quanta gente hai visto tu, per la strada, morta di fame? Di fame non è mai morto nessuno, specialmente quassù. Ce la faremo anche noi, vedrai. E poi ci sono io che ti aiuto."

"Mi aiuti come?"

"Ti batto a macchina."

"Ma cosa ci batti, a macchina?"

"Mah, qualcosa batterò."

Così mi provai a tradurre.

VIII

Tradurre, comunemente, si dice oggi. Ma nel Trecento dicevasi volgarizzare, perché la voce tradurre sapeva troppo di latino, e allora scansavansi i latinismi, come poi li cercarono nel Quattrocento, e taluni li cercano ancor oggi; sì perché que' buoni traduttori facevano le cose per farle, e trasportando da lingue ignote il pensiero in lingua nota, intendevano renderle intelligibili a' più.

Ma adesso le più delle traduzioni non si potrebbero, se non per ironia, nominare volgarizzamenti, dacché recano da lingua foresta, che per sé è chiarissima e popolare, in linguaggio mezzo morto, che non è di popolo alcuno; e la loro traduzione avrebbe bisogno d'un nuovo volgarizzamento.

Si dirà anche recare, e l'immagine allora dipinge il vigore necessario al traduttore per levare di peso l'idea e la parola originale, e portarla in altra lingua ad uso di altri uomini, senza che il peso suo scemi con frode o cresca con fatica e noia. Voltare infine non è bello, perché dice lavoro più penoso, e perché voltare non solo non indica il ben rendere un'idea o una voce, ma talvolta il renderla diversa da quel ch'ell'è e anco perversa.

Io appunto ascoltavo i consigli del dalmata, ma non i suoi solamente. Anche la gentile signora che mi aveva fatto attendere in salottino mi diede i suoi consigli, e io ne feci tesoro, perché oltre ai consigli dava il lavoro, quella.

Era assai diversa – e mi piacque – dalle normali taccheggiatrici vibratili aziendali che sempre paiono avere qualche linea di temperatura. Alta ma lenta, ferma ma mansueta, ammorbidita dagli anni e insieme stagionata dalle esperienze, la credetti vedova e tale la penso ancora.

Mi raccomandò di tenermi fedele al testo, di consultare spesso il dizionario, di badare ai frequenti tranelli linguistici, perché in inglese *eventually* per esempio significa finalmente, di avere sempre sott'occhio un buon vocabolario italiano, Palazzi Panzini eccetera, di evitare le rime, ato ato, ente ente, zione zione, così consuete nei traduttori alle prime armi, di scrivere qual senza apostrofo, tranne che nei libri gialli, nei quali si può anche mettere l'apostrofo, perché tanto il lettore bada solo alla trama.

Ma a me non dette un giallo, bensì un libro più serio, dopo che le ebbi promesso di non scordare i suoi consigli. Ricordo che comprai un giornale della sera e che ce lo involsi, per timore di sporcare la copertina, in tram, e tornai a casa tutto contento. Anna mi promise che non soltanto me l'avrebbe battuto lei, a macchina, ma anche mi avrebbe aiutato a cercare le parole nel dizionario e a rivedere la punteggiatura. Era di nuovo bello, lavorare insieme guardandoci con un sorriso ogni tanto, e il sabato le venti cartelline del saggio erano pronte, così le portai alla signora vedova.

Fu egualmente ferma e materna, quando mi convocò per dirmi che il mio saggio di traduzione non era stato troppo soddisfacente.

"Benedetto figliolo," mi disse. "Ma perché non ha seguito i miei consigli? Le avevo detto, no?, fedeltà al testo. E guardi qua. Dove siamo, dunque?" Sfogliava le mie cartelle tutte corrette a lapis.

"Sì, quel punto dove il capitano invita i suoi uomini all'assalto della trincea nemica. Le sue parole... Sì, ecco. Lei mi traduce: *Sotto ragazzi*, eccetera. Ora guardi il testo inglese. Dice..." Adesso sfogliava il libro, e trovò la crocetta al margine.

"Il testo dice: *Come on boys*. Capisce? Lei mi ha invertito il significato. *Come on boys* vuol dire *venite su ragazzi*, e così bisogna tradurre. Lei mi mette l'opposto, cioè non *su*, ma *sotto*. E ancora, più avanti, dove descrive l'alzabandiera a bordo. Lei ha tradotto, mi pare, *i marinai si scoprirono*, sì, *si scoprirono*, ha tradotto lei, mentre il testo inglese diceva: *The crew raised their hats*. Vede l'inglese come è preciso? *La ciurma alzò i loro cappelli*. *Alzò*, capisce, come a salutare la bandiera sul pennone." E con la mano fece anche lei il gesto di chi alza un cappello. Mi provai a dire qualcosa, ma lei m'interruppe.

"Lo so, il risultato è lo stesso, quando uno alza il suo cappello, si scopre, ma allora bisognerebbe precisare che scoperto rimane il suo capo. Dire, non so, che i marinai scoprirono i loro capi, oppure le loro teste, ma così risulterebbe un po'... come dire?... un po' faticoso." Sorrise.

"Io lo dico sempre ai traduttori: non cercate di inventare, state sempre dietro al testo, che oltre tutto è più facile. *La ciurma alzò i loro cappelli*, dunque. Lei poi, vede, tende a saltare, a omettere parolette, che invece vanno lasciate, perché hanno la loro importanza. Più avanti, per esempio, lei mi traduce: *Gli strinse la mano*. Ebbene, l'inglese è più preciso, e dice infatti: *He shook his hand*, cioè *egli strinse*, ma più precisamente *scosse*, *la sua mano*, o se vuole, meglio ancora,

127

egli scosse la mano di lui." Continuava a sfogliare le mie cartelle.

"Le faccio soltanto degli esempi di correzione, vede? Ci sarebbe ben altro da aggiungere. Qui, per esempio, dove parla dell'offensiva. Lei mi ha tradotto: *Cominciò l'offensiva e Patton schierò le sue divisioni.* Come traduzione può anche andare, nulla di speciale, ma può andare. Però, lo vede?, nello stesso rigo lei così mi mette due *o* accentate. *Cominciò, schierò.* Suona male. Meglio dire dunque: *Ebbe inizio l'offensiva e Patton schierò.* Ha capito?" Io ero ammutolito e feci cenno di sì, poi la vedova sospirò e a voce più alta riprese:

"Locuzioni dialettali. Lei ha questo difetto, le locuzioni dialettali, come tutti i toscani, del resto. Per esempio lei traduce: *Bottega di falegname. Bottega* è un toscanismo, no?".

"Veramente non mi pare," risposi, trovando non so come il coraggio. "Leopardi parla appunto del *legnaiuol che veglia nella chiusa bottega*... E Leopardi non era toscano."

"Be' be'," fece la vedova. "Leopardi era Leopardi. Lui poteva anche permettersi qualche locuzione dialettale." Mi sorrise ancora: "Vede, ho corretto con un più italiano *laboratorio di falegname* eccetera. E più avanti, non ricordo bene il punto, ma c'è di mezzo una telefonata... Sì, ecco, è qui. Lei traduce: *Pronto, che succede costà?* Ora lei vorrà ammettere che *costà* è una locuzione dialettale, usata solo in Toscana. Infatti l'inglese dice: *What's going on there*, e va tradotto semplicemente: *Che succede là?* Non le pare?".

Io ormai tacevo, e forse ero anche rosso di vergogna, sperando solo che la vedova avesse vuotato il sacco e mi permettesse di andare via. "Un'ultima cosa," continuò. "A volte lei appiattisce certi bei modi di dire

128

inglesi. Per esempio qui. Lei dice che *i mezzi da sbarco erano le mille miglia lontani dalle coste laziali*. Questo suo *le mille miglia* è assai meno efficace che nel testo inglese, dove si parla di *a hell of a distance*, cioè di un inferno di distanza. Sente come è bello? *I mezzi da sbarco erano a un inferno di distanza* eccetera. È molto più robusto, questo inferno di distanza, non le pare?" Capii che mi voleva congedare e mi alzai.

"La traduzione?" farfugliai sulla porta.

"Be', ha visto, no? Vuole un consiglio? Si faccia prima le ossa con qualche editore minore, poi ritorni fra qualche mese, un anno. E si ricordi i miei consigli." Quella notte non chiusi occhio, e forse anche piansi.

Ma non mi andò sempre così. Come qualcuno forse ricorda, in quegli anni si parlava moltissimo di automazione, di produttività, di seconda rivoluzione industriale e di umane relazioni. Pareva che tutti i rapporti, produttivi e umani, dovessero cambiare, mentre poi hanno ricominciato – e forse non avevano mai smesso – a prendere gli operai, senza tante inutili storie, a calci nel culo.

In una città come questa, cioè piena di gente terziaria e quartaria, col mercato comune in vista e il miracolo in prospettiva, c'era molto da tradurre in materia aziendale, specialmente testi chiamati operativi, e siccome c'era molta fretta, si contentavano anche di me, senza badare troppo agli apostrofi e alle rime ato ato, ente ente e zione zione. Anzi, le rime erano quasi auspicate, come segno di scientificità del testo. Si peritano forse gli americani di mettere tre *tion* in un rigo solo?

Erano libri massicci, stampati su cartoncino Bristol di vario colore, e con corpi tipografici diversi, neretti e corsivi e tondi nella stessa pagina. La regola degli errori, dicevano questi libri, è la chiave per la delega dell'autorità. Essa conserva l'equilibrio fra l'autorità e la responsabilità delegante. Grazie ad essa la delega della responsabilità diviene operante e non è più un fatto formale. Applicando la regola degli errori i dirigenti, di qualunque livello essi siano, possono "puntare al sodo. Non rischieranno più di badare agli alberi senza vedere la foresta; saranno in grado di guardare ai risultati complessivi, non ai piccoli errori".

E alla fine di ogni capitolo, su speciale cartoncino rosa, un modulo di quiz da riempire, detto lista di controllo. I dipendenti hanno paura di affrontare un rischio? Con accanto il quadratino del sì e quello del no, e sotto quattro righe in bianco per l'esempio. Insistono troppo sulla precisione dei particolari? Chi? Quadratini e righi da riempire. Si sentono liberi di sperimentare metodi nuovi nel proprio lavoro? Esempi recenti. Si sentono liberi di ammettere un errore? Casi recenti e relativo comportamento.

Con quest'affare dei quadratini per il sì e per il no, e delle righe di quiz da riempire, la cartella dattiloscritta si riduceva, come testo, quasi alla metà, e siccome pagavano a cartelle, e non a rigo, tutto sommato era conveniente. Il testo parlava di *staff*, di *line*, di *follow up*, e quindi c'era parecchio da sottolineare, dato che i nomi stranieri si mettono in corsivo. Dava anche consigli pratici per dirigere il prossimo.

Per esempio il direttore di un'azienda di costruzioni adottava il metodo del salvagente. Se in una riunione non si concludeva nulla e quindi sentiva l'impulso di intervenire di peso e decidere, era solito alzarsi, prendere il cappello e dire: "Signori, ci vediamo domani". Mi assicurò questo dirigente che ogni volta, tornando il giorno dopo, si sentiva più tranquillo.

Anna stava alla macchina, e quando c'era da tracciare le quattro righe del modulo, io avevo qualche attimo di pausa, il tempo di accendere una sigaretta. Me ne stavo disteso sul letto, col libro in mano e il vocabolario accanto e dettavo.

"A che cartella siamo?"

"Alla decima."

"Andiamo bene, vero?"

"Sì sì."

"Sei un po' stanca?"

"No no, detta, dai."

"Pensa, quattromila lire ce le siamo già guadagnate."

"Davvero."

"Due vanno a Mara, una al padrone di casa. La quarta paga la luce, il telefono, il gas, il latte e il pane."

"Sicuro, e ora guadagniamoci il companatico. Dai, detta."

Riuscivamo a fare anche quindici, anche venti cartelle al giorno. Due a Mara, una al padrone di casa, una per luce-gas-telefono-pane e latte, un'altra per le rate dei mobili e dei vestiti, due per il companatico e le sigarette. E senza bisogno di prendere il tram, senza bisogno di tenere rapporti col prossimo, tranne che alla fine del mese per la consegna del lavoro. Potevamo starcene tranquilli in casa nostra, lavorare vicini dalla mattina alla sera, in buona armonia, senza timore di licenziamenti, né di segretarie attiviste, né di dirigenti in ascesa.

Così mi ripeteva Anna, che tante volte m'aveva visto rincasare abbuiato e stanco. Certo, le rispondevo io, ma il pericolo adesso era un altro: di trovare gente come la vedova, che ti controlla gli apostrofi e le rime, ti rimprovera le locuzioni dialettali. Allora i casi sono due: o ti impunti, e fai la figura del piantagrane, o lasci perdere e stai zitto, e fai la figura del cretino. Nell'uno e nell'altro caso non ti danno più lavoro.

Anna forse non se ne rendeva ben conto, ma i contratti parlano molto chiaro. Tu magari firmi senza leggere con attenzione, ma intanto ti sei impegnato a consegnare un giorno preciso, e se sgarri ti impongono una penale del trenta per cento. Il pagamento lo fanno dopo l'approvazione. Hanno facoltà di rifiutare a loro insindacabile giudizio, escludendo ogni compenso. Sempre a loro insindacabile giudizio, qualora il tuo lavoro non corrisponda ai criteri e alle direttive (ato ato, zione zione, la ciurma alzò i loro cappelli), e si renda necessaria una revisione, il compenso dovuto per quest'ultima sarà detratto dalla somma globale stabilita quale corrispettivo di cui al presente contratto. La revisione la fanno individui a te ignoti e professionisti del rivedere, interessati perciò a rivedere quanto più possano, e a detrarre il più possibile dal tuo. Se poi perdono il tuo lavoro, se lo bruciano, se lo portano al gabinetto, se lo prende il bambino a casa per farci le barchette, a te rimborseranno il costo puro del dattiloscritto. Poi ti addebitano l'IGE. E firmando tu ti impegni a non turbare in alcun modo il pacifico godimento dei diritti ceduti con la presente scrittura, e a prestare la tua collaborazione e assistenza qualora da parte di terzi venisse turbato il pacifico godimento dei diritti ceduti. Insomma devi farli godere, e impegnarti a tutelare e favorire il loro godimento, come fa Pimlico da vecchio con gli stalloni. Sei mesi esatti prima che siano passati venti anni devi comunicare il tuo recapito (che può essere ormai anche il camposanto), in modo che questi goditori possano raggiungerti e comunicarti, non si capisce bene che cosa. In caso di controversia, certo, puoi rivolgerti al foro cittadino, ma quelli hanno il loro bell'ufficio legale, con tanto di avvocatoni, mentre tu non hai soldi nemmeno per pagarti l'ultimo mozzaorecchi.

E poi bisogna lavorare tutti i giorni, tante cartelle

per questo e quello e quell'altro, fino a far pari, anche la domenica. Se ti ammali non hai mutua, paghi medico e medicine lira su lira, e per di più non sei in grado di produrre, e ti ritrovi doppiamente sotto.

"Be', vedrai che il lavoro non ti mancherà mai," diceva Anna. "Lo capisci? Possono fare rogne quanto vogliono, ma anche loro hanno bisogno di qualcuno che lavori, altrimenti sono fermi."

Ed era vero. Non potevano limitarsi a dare del cretino a tutti, bisognava pure che di qualcuno si contentassero. E poi per loro era preferibile dar lavoro così, a cottimo, senza pagarci sopra oneri sociali, mutue, previdenze e altre marchette, senza rimetterci né la carta, né l'usura della macchina, dei nastri, dei tavoli, nemmeno il caldo.

Il caldo te lo paghi da te. Ti paghi il caldo, l'usura della macchina e del nastro, tutto quanto. È un lavoro che può rendere, ma nessuno te lo invidia né cerca di togliertelo, perché è parecchio faticoso e non piace. Non rientra nel gioco dei rapporti di forza aziendali, non dà né potere né prestigio, non è a livello esecutivo, e perciò te lo lasciano, e ti lasciano in pace. Al massimo ti potranno sollecitare, ti potranno telefonare. Il lunedì per esempio è giornata di assillo, di tafanamento, e per metà ti va persa al telefono, perché quelli ritornano riposati da due giorni di festa, e si danno da fare, debbono dare la sensazione di star lavorando seriamente, e così per prima cosa, alle nove, telefonano sollecitando.

"Allora, a che punto siamo? Mi raccomando, al massimo entro il trenta, non oltre."

Dopo tutto è questo il loro compito, telefonare, tafanare i collaboratori. E non si può mandarli al diavolo, o farsi negare, o non rispondere al trillo. Uno dei miei punti di forza – lo ripetevo sempre ad Anna – doveva essere la puntualità nelle consegne. Altro punto, non rifiutare mai nessun lavoro. Il lavoro e la salute sono sempre i benvenuti, e chi li disprezza e li guasta è un mentecatto. Terzo punto, non andare mai a letto prima di aver finito un certo numero di cartelle a macchina. Venti cartelle ogni giorno, compresa la domenica. Venti cartelle di duemila battute. Tutti i giorni, perché poi bisogna calcolarci anche il tempo per rileggere, tre o quattro giorni al mese in tutto, e un giorno che va perduto per fare il giro delle consegne, alla fine del mese.

Sono perciò venticinque giorni a cartelle piene, cinquecento cartelle mensili complessive, che a quattrocento lire l'una danno duecentomila lire mensili. Sessanta vanno a Mara, trenta al padrone di casa, dieci fra luce gas e telefono (e d'inverno anche di più, perché bisogna tenere acceso quasi tutto il giorno, mentre d'estate si consuma meno luce, ma bisogna lavarsi più spesso, e allora quello che hai risparmiato di lampadine ti va per lo scaldabagno), venti di rate fra mobili vestiti e libri (si potrebbe anche non leggere, ma i vocabolari li devi comprare), quindici fra sigarette, caffè, giornali e qualche cinema, cinque fra pane e latte, e ti restano sessantamila mensili per il companatico e gli imprevisti.

Se tutto va bene. Perché ci sono certi che il lavoro lo pagano metà subito e metà alla pubblicazione, che può essere anche due, tre anni dopo la consegna, e così una parte di capitale rimane ferma, e nel frattempo il costo della vita è aumentato, la moneta si è svilita. Oppure capita che una segretaria si impunti a voler contare le battute una per una, a dimostrarti che la tua cartella non è di duemila, che è di meno. Per esempio quando c'è parecchio dialogo, dice lei, non puoi pretendere che ti paghino come rigo un semplice sì di risposta. Poi può anche succedere che il lavoro non vada bene, e allora il costo della revisione te lo addebitano, ti levano un centinaio di lire per cartella, da dare al revisore.

Insomma sono duecentomila lire teoriche, su cui gravano parecchi incerti. E poi non bisogna dimenticare che quelle duecentomila lire sono il lavoro non di una, ma di due persone, perché a macchina batteva Anna, e anche quella era fatica. Se tu prendessi una dattilografa, le sue settanta, ottanta, anche cento lire a cartella, le vorrebbe di certo, quella.

Una volta ricordo che riuscimmo a fare centocinquanta cartelle in due giorni, perché ci urgevano cinquantamila lire da dare al ginecologo, e ce la facemmo ma poi per quarantott'ore restammo fermi tutti e due, fra i postumi dell'intervento e la sgobbata.

Io mi alzo sempre un'ora prima di Anna, perché sono più vecchio e ho meno bisogno di dormire; così attaccavo io a battere: Suez! Per le vecchie potenze imperialiste d'occidente il nome era come un incantamento. Per la Francia il Canale era il massimo capolavoro dell'ingegno gallico, il sogno gloriosamente realizzato del suo più bell'ingegnere, Ferdinand de Lesseps. Era un monumento tangibile all'immagine del suo paese che giace nel fondo del cuore di ogni francese – *la France civilisatrice*. Mi veniva in mente che questo bell'ingegnere era stato anche in Italia, a Roma nel quarantanove, e che anzi aveva trattato lui la tregua fra il generale Oudinot e la repubblica di Mazzini e Garibaldi.

Intanto Anna cominciava a muoversi, si lavava la faccia, e con gli occhi ancora assonnati e pesti veniva a darmi il cambio. Io mi stendevo sul letto e cominciavo a dettare. E Suez era Disraeli: il colpo maestro del più grande statista dell'impero britannico; il quale, una storica sera, aveva stupito il mondo con la sua astuzia e rivelato all'Europa l'invincibile potenza della Lira Sterlina. Mi chiedevo fra me se era vero che la famiglia Disraeli fosse originaria di Ferrara; avrei dovuto cercare, accertarmene, ma il tempo stringeva. Continuavo a dettare fino all'ora di pranzo.

"Alla ventesima si smette, vero?" diceva Anna.

"Sì, riprendiamo dopo mangiato."

Poi lei andava di là a mettere la pasta, e alla macchina passavo io: la carriera, il passato, la personalità e il carattere di Sir Anthony Eden, Cavaliere del Molto Onorevole Ordine della Giarrettiera, e primo ministro di Gran Bretagna.

Col bozzo della pastasciutta sullo stomaco, Anna ritornava al suo posto. Se ci si lascia andare alla sonnolenza del dopopranzo, non ci si ripiglia più. Nasser era un dittatore. La sua filosofia della rivoluzione era la versione araba di *Mein Kampf*. Predicava la violenza e millantava l'aggressione. E avanti fino all'ora di cena. L'invasione frustrata. La cortina di fumo della diplomazia. Il doppio gioco di Dulles. Andavamo a letto con la testa gonfia di parole e di ticchettii, e durante il sonno il cervello mi continuava a lavorare, sì che fui desto prima del solito, e riattaccai a battere, fino a che non si alzò anche Anna e prese il mio posto.

Alle tre di notte avevamo finito: i nostri dirigenti sono i colpevoli. Finché essi rimangono impuniti, tutti ne siamo complici. Parole sante. La mattina dopo alle nove in punto mi svegliò col telefono una segretarietta. Chiedeva con voce querula a che punto eravamo, con questa benedetta guerra di Suez, urgente dato il momento politico. Andai a consegnare il malloppo.

"Ce l'ho fatta, hai visto?" dissi con un certo orgoglio al funzionario di servizio. "In due giorni soli."

"Sì sì, ma ora bisognerà controllare come è venuto il lavoro." E lo mise in un cassetto.

Dopo la guerra di Suez ci fu la storia di Marie Hasluck e di Eustace Bewsher, il quale anticipa in qualche modo Nimmo e i personaggi che come lui sono – secondo la bella definizione dell'autore – degli *spellbinder*, degli incantatori di folle, di coscienze, di epoche. Perché solo dopo che i Birri saranno diventati un popolo, essi potranno aprirsi al commercio del mondo.

Erano trecento cartelle, sicché per stare nella norma lo dovevamo finire entro il diciassette del mese, e il diciotto attaccare l'altro, quello giapponese, che non raggiungeva nemmeno le duecento cartelle, e consegnare l'uno e l'altro per il trentuno. Se nel primo la terra dei Birri vedeva avanzare, morto Bewsher, un nuovo feudalesimo tetro, crudele, eroico, magnifico, intollerante, di ciarlatani e di ipocriti, nel secondo si adombrava la storia di un'aristocrazia declinante, qua e là il sorgere di un mondo nuovo, trionfante ma involgarito, privo di idealità, e fra il primo e il secondo, sommate le cartelle e moltiplicato il tutto per quattrocento, facevano centonovantunmila lire, e perciò al principio del mese bisognava stare attenti alla distribuzione delle somme da pagare, per rimediare a quelle novemila lire in meno. Mandare a Mara un acconto subito, assicurandola che entro il quindici al massimo arrivava il saldo, oppure dilazionare una rata, convincere l'esattore del vestiario a ripassare una o due settimane più tardi.

Meglio di tutti erano i libri sulle cinque, seicento pagine, che finiti in un mese ti danno il malloppo tutto intero, da sterzare a tuo piacimento. Così, una volta pagati i conti fissi, stai tranquillo per tutto il mese e lavori dalla mattina alla sera in santa pace per pagare i conti fissi del mese prossimo. E poi c'è anche il vantaggio di tirare avanti quattro settimane sempre con lo stesso autore, e passate le prime cinquanta cartelle, se sei accorto, hai assimilato lo stile e il lessico, e quasi non c'è più nemmeno bisogno di ricorrere al vocabolario, che porta via parecchio tempo.

Fu così per il libro sulla schiavitù del Nordamerica, con le varie versioni della capanna dello zio Tom (persino un musical, ci hanno fatto, intitolato *Il re ed io*, anche se pochi ormai se ne accorgono) e i trasporti clandestini dei negri verso gli stati non schiavistici del nord, e le storie di come campavano questi poveri schiavi nelle piantagioni, cosa mangiavano, come venivano puniti, applicandogli sul groppone un gatto selvatico a cui poi l'aguzzino tirava la coda; e poi ancora le dissertazioni sulle pretese differenze razziali, sulle quarantotto coppie di cromosomi che contengono i geni, in numero di quarantaquattromila e rotti. I gemelli eterozigoti, per esempio, sono concepiti quasi contemporaneamente dalla fecondazione di due ovuli; e si danno le stesse scarsissime probabilità che siano identici, che si danno per due altri bambini nati dalla stessa coppia. Sicché, come ha dimostrato la seconda guerra mondiale, i casi disperati nei corsi di istruzione per analfabeti furono del quattordici per cento per i caucasoidi, e del dodici e tre per cento per i negri.

Obbiettivamente era un lavoro assai interessante, perché ti consentiva di apprendere un mucchio di cose sugli argomenti più disparati. Purtroppo però non c'era il tempo di assimilare tutto quanto come avresti voluto. Finiti i negri bisognava subito passare ai pianeti artificiali, dalla luna di mattoni di cui favoleggiava un racconto apparso sull'"Atlantic Monthly" del 1869-70, su su fino al primo Sputnik messo in orbita nel 1957. E non è un lavoro facile, perché richiede diverse nozioni di fisica e di astronomia, da assimilare in dieci giorni (sono duecento cartelle scarse), e poi c'è il tempo perso per tutti i calcoli, quando trovi miglia da ridurre a chilometri, piedi a decimetri, gradi Fahrenheit a gradi centigradi (qui bisogna sottrarre trentadue, poi moltiplicare per cinque e dividere per nove).

E poi bisogna stare attenti ai tranelli: non credere, per esempio, che meteora e meteorite siano la stessa cosa, e non scrivere legge di Games, ignorando pari pari l'esistenza di una scientifica legge dei giochi, altrimenti la redattrice tecnica vedova Viganò rimarca e passa in giro la notizia, sbeffeggiandoti agli occhi di tutti.

Mi piacerebbe tanto visitar l'Irlanda, e specialmente la città di Dublino. Quando la nave entra a Dun Laoghaire, dal ponte vedi il sole che tenta di affacciarsi alle colline. Eccole lì, le colline, ferme e ordinate dolcemente attorno alla baia: capo Bray, il Pan di Zucchero, le due Rocche, le tre Rocche, Kippure, la regina fra tutte, che leva alta la testa minacciosa sopra le spalle delle altre che digradano sulla città. Tu conti i campanili, dalla tozza cupola di Rathmines al campanile di San Giorgio, e al centro la chiesa di Cristo, e poi San Lorenzo, San Barnaba, e le ciminiere di Pigeon House, e la strada che serra la baia, Dun Laoghaire, Blackrock, Danymount Tower, Ringsend, e più lontane Fairview, Marino, Clontarf, Raheny, Kilbarrack, Baldoyle e la sommità di Howth Head.

In verità non si vedono Kilbarrack e Baldoyle, lo so, ma tu senti che ci sono. E Kilbarrack è il camposanto più salubre di Irlanda, e ti pare di scorgere il tricolore al vento sulla tomba di Bean Head. Poco prima del barcarizzo l'amico Breandan O' Beachain, piccolo e tozzo, con quella testa, dicono, da imperatore romano gonfio di sidro, stringe la mano al funzionario, un viso triste, da contadino istruito, come un maestro insomma.

Cead mile failte sa bhaile romhat. Questo è gaelico, e vuol dire precisamente *centomila volte benvenuto a casa.* E lo sento rispondere *go raibh maith agat*, che è sempre gaelico ma significa solamente *grazie*.

Quando la primavera si scalda e passa nell'estate, a Stephen's Green vedi gente seduta sulle sdraio da tre soldi a prendere un po' di tintarella. Ci sono ghirlande di fiori e anatre che planano nel cielo. E cittadini che prendono gli ultimi tram per Dalkley, per farsi una nuotata. Giovani coppie che si arrampicano su per il corso di Balscaddoon fino alla vetta di Kilrock in cerca d'erba e si sdraiano fra le ginestre. Un mare verde che si rompe biancheggiando lungo la costa di granito.

Sto qui seduto a dondolare le mie gambe italiane e ripenso a ieri sera, quel che è capitato a Sebastian, la rissa nel bar e poi la fuga in bicicletta con indosso un cappotto rubato.

Traversa Cuffee Street, poi su per Augier Street, libera. Giù per questi vicoli e poi per questi cortili, fra muri bianchi e odore di piscio, nel labirinto di stradicciole fino a una piazzetta con lampione e bambini. Un largo giro vizioso, lungo queste case con la terrazza di mattoni rossi, e in fondo i monti di Dublino illuminati dal sole della sera. Vorrebbe essere qui con me in vetta a Kilrock, a dondolare anche lui le gambe, le sue gambe americane. Ora traversa il viale alberato; sbatte il cancellino, bussa, attende. Silenzio, toc, toc. Dio mio, cara Chris, non mi lasciare qua fuori, mi prendono.

Non ti prendono, Sebastian, so il tuo gioco. Lasciami in pace.

Certe notti, quando non riesco a prendere sonno, mi sfilano in processione dinanzi agli occhi Salvatore Giuliano e le donne artificialmente feconde, il colonnello Maverick e il generale Sirtori, ciascuno recando una sua parola sorda e irridente, Virginia Oldoini, Carl Solomon, Gad Dov Yigal, la testa mozza del povero Languille, Beverly ragazza di vita, Nikita Krusciov, Teseo, Arthur Sears maniaco sessuale, Peloncillo Jack, Pop operaio anziano alla catena di montaggio, John Kennedy, Percepied, i ganzi di Germaine Necker, il tarsio animale fantasma, la conferenza di Locarno, Mona-Mara-June e la nana della Cosmococcic Telegraph Company, Albert Budd, il socialista Vandervelde, la legge settantacinque, socialista anche quella, che chiuse le case, Ivan Grozni, la Venere ottentotta, John Whistler al vecchio ponte di Battersea, il sacrificio di capodanno, la faglia, il neutrino, Marx giovane e il Lenin dei taccuini, Sidi-bel-Abbès, l'Ondulata Otto, Jack Andrus, l'Astronomo Reale, i Cappellani, le Corone e i Giovani Turchi armati di pistole zip, mille idee per aumentare le vendite e Leonardo da Vinci detective ad Amboise.

Ciascuno di costoro m'ha portato via un pezzo di fegato, e tutti insieme mi hanno dannato l'anima, mi hanno stravolto persino l'infanzia. Quando non riesco a prendere sonno, penso alle mie vacanze, bambino, su a Streetrock, o nei prati attorno a Plaincastle, a St. Flower, ad Archback, a Chestnutplain. Ripenso ai lunghi viaggi sulle strade verso Download, Hazely, Copperhill, Meadows, Bouldershill, Gaspings, e poi il ritorno, dalla parte del camposanto di Scrub, nella grande pianura *open to winds and to strangers. Then from everywhere crowds had rushed to this newly-found Mecca: black dealers from the South, carrying suitcases filled with oil, speculators from the North, determined to start new enterprises in this promising area, prostitutes, shoeblacks, tramps, ballad-singers, pedlars of combs and shoe-laces, fortune tellers with a parrot and an accordion, and little by little all the others: land officers, policemen, insurance brokers, craftsmen, school teachers and priests.*

IX

Alla fine i Fisslinger ci avevano buttato fuori di casa, sempre per via dello scaldabagno esplosivo, che Anna si ostinava a lasciare acceso per oltre quattro ore, senza intendere il grave pericolo dello scoppio; ma per fortuna trovammo subito un'altra casa, e senza dover pagare i sei mesi anticipati. Una casa tutta per noi.

Io però feci subito la sciocchezza di firmare il contratto col mio nome vero, e il padrone di casa ne diede comunicazione immediata alle competenti autorità, sì che dopo qualche mese venne una guardia del comune, ma travestita in borghese, a prendere le generalità, professione, stato di famiglia, anno di nascita eccetera. Io non gli chiesi nemmeno perché voleva sapere tutte queste cose, ma me ne accorsi qualche mese dopo, della sciocchezza che avevo fatto a rispondere così come uno scemo, perché mi venne la cartolina dell'ufficio tasse, e poi il sollecito, perché non mi ero presentato alla prima chiamata. Se questa volta non mi presentavo, diceva la cartolina, avrebbero provveduto d'ufficio al sequestro, alla confisca e alla denuncia.

Alle tasse trovai la solita segretarietta magra, che mi guardò storto, prese il telefono e fece: "Dottor Tartuca? C'è qui un contribuente". E soltanto allora capii che dovevo contribuire nella misura delle mie possibilità allo sviluppo urbano. Fu inutile dire al dottor Tartuca che io non risultavo residente in questa città, ma altrove, e che già altrove pagavo le tasse, poche bisogna dirlo, ma le pagavo.

"Di fatto lei sta qui, e qui lavora, e perciò qui deve pagare."

Eppure tre anni prima, quando lavoravo sotto padrone, io la residenza in città l'avevo chiesta, e loro non me l'avevano concessa, vedendomi così, col mongomeri vecchio e la barba lunga, forse per timore che, una volta iscritto, io mi mettessi a battere la fiacca, per poi farmi mantenere fra gli indigenti, segnato nell'elenco dei poveri.

"Lei paga trecentocinquantamila lire annue di affitto," continuò il dottor Tartuca. "Quindi deve avere un reddito di almeno un milione annuo, e pertanto noi la tassiamo. Firmi."

"Quant'è il totale?"

"Ventimila annue. Tre anni di arretrati, perché lei da tre anni almeno abita qui. Infatti tre anni or sono lei chiese la residenza..."

"Ma non la ottenni," lo interruppi.

"Non importa. Lei la chiese, quindi c'era. Noi badiamo ai fatti, non alle parole scritte su un pezzo di carta. Tre anni di arretrati, sessantamila lire. Per quest'anno pagherà sessantamila lire."

Io sbiancai e dissi che allora per me era meglio andarmene, emigrare. "Faccia pure, ma prima le sessantamila lire."

Non mollava, questo dottor Tartuca. Non ci fu verso di fargli intendere il mio reale stato di famiglia. "Ho due focolari accesi, dottore."

"Questo non ci risulta."

"Ma è un fatto."

144

"Un fatto suo, e se lo sbrighi da sé."

Così firmai, lui timbrò e diede la cartella alla signorina, che la mettesse al protocollo. Allora io gli spiegai l'origine burocratico-bizantina del termine protocollo, che vuol dire primo rigo della lettera (egregio signore, esimio avvocato, chiarissimo professore, insomma la formula d'introduzione, il vocativo): donde il doppio significato italiano, registrazione della corrispondenza da un lato, cerimoniale di etichetta dall'altro.

Il Tartuca non capì niente, meno che mai l'altro termine, escatocollo (suo devotissimo servitore, con osservanza, per esempio, oppure, nel caso del pontefice, prostrato al bacio del santo piede) e quello mi guardava con occhi duri, scuotendo il capoccione come a dire sì sì, chiacchiera chiacchiera, bel ciacchero, che intanto hai firmato e mo' paghi.

Io me ne andai a testa bassa, e dopo qualche mese cominciarono ad arrivare le bollette e le intimazioni. Che se entro cinque giorni non provvedevo al versamento della somma suddetta, più i diritti fissi di mora, quelli mi mandavano a casa i facchini con l'ordine di portare via tutto, tranne il letto e una sedia. Così ero entrato ufficialmente a far parte della popolazione attiva e contribuente della grande città.

Mi hanno poi spiegato che sono proprio i piccoli redditi i più pericolosi. I contribuenti grossi possono pagarsi un ufficio legale tutto per sé, che studi il modo di non pagare le tasse, oppure tentare con la bustarella; ma i piccoli non possono farci nulla, devono mollare tutto, non hanno avvocati a difesa, e con ventimila lire annue di tassa sarebbe sciocco che l'ufficio accettasse una bustarella in proporzione: il gioco non varrebbe la candela.

L'altro mio sbaglio fu di far mettere il mio nome

sull'elenco del telefono, e con tanto di titolo di studio, perché in questo modo uno si espone non solamente ai seccatori, ma anche alle stoccate delle imprese più varie. Il partito liberale, per esempio, sotto le elezioni ebbe la bella idea di telefonare a tutti i laureati, nella certezza che almeno un dieci per cento fossero contro lo statalismo a tal punto da pagare purché gli statalisti non andassero al potere.

"Parla il dottor Alzetta, del partito liberale," diceva la voce. "Conosciamo le sue idee politiche."

"Sì," rispondevo io, smarrito e assonnato.

"Perciò siamo certi di un suo contributo alla causa comune."

"Sì."

"E domattina passerà un nostro incaricato. Buongiorno." E riattaccava.

Quella notte non ci dormii, e Anna anziché confortarmi, mi diceva che ero stato un bel cretino a mettermi in questo ginepraio.

"Domattina stiamo attenti," proposi io. "Quando suona il campanello non si apre. La tapparella sul balconcino teniamola bassa, non facciamo rumore, facciamo finta che non ci sia nessuno."

L'incaricato avrà suonato dieci volte, e noi zitti, col cuore in gola. Ma poi ritelefonò il dottor Alzetta. "Comunica il nostro incaricato di non aver trovato nessuno in casa. Perché?"

"Scusi dottore," balbettavo io, "ma son dovuto uscire per accompagnare d'urgenza mia moglie all'ospedale. Sa, un attacco di appendicite..."

"Possiamo quindi ripassare fra tre giorni, no? Oggi i casi di appendicite vengono dimessi rapidamente, no?"

E tre giorni dopo bisognava montare la solita scena delle tapparelle chiuse, di non rispondere al telefono.

A volte certe ditte commerciali ti mandano una

lettera dicendo che entro la settimana passerà un loro funzionario per la dimostrazione, e che ove a stretto giro di posta non ricevano disposizione in contrario, si ritengono autorizzati a considerarti fra la loro spettabile clientela.

Io non rispondevo, per la solita incuria, e infatti ecco il funzionario, alto, magro, ben vestito, che veniva per aiutarmi, diceva lui, a risolvere i miei problemi. Era inutile dirgli che la macchina da scrivere elettrica a me non serviva.

"Dottore mi permetta, ma io sono come san Tommaso, cioè voglio toccare con mano, constatare, assieme a lei, che il nostro prodotto non le serve veramente." E bisognava starlo a sentire, anche due ore di seguito, parlare come se io fossi un bambino deficiente, spiegandomi socraticamente, a brevi domande e risposte progressive, il perché e il percome. Ogni tanto io guardavo l'orologio, pensando quante cartelle di lavoro andavano perse in chiacchiere, e quante lire non guadagnavo standomene così a sentirlo. E lui non mollava: non era tempo perso in chiacchiere, per lui, perché questo era il suo mestiere, le chiacchiere.

Forse mi sarebbe convenuto chiedergli che somma voleva, a fondo perduto, per non farsi rivedere mai più, ma questo sarebbe stato un discorso offensivo, e poi lui voleva vendere macchine da scrivere elettriche, non farsi corrompere dal primo venuto. Non potevo nemmeno fargli una partaccia, buttarlo fuori a pedate, perché non avendo risposto a stretto giro di posta che non desideravo essere annoverato fra la spettabile clientela, m'ero preso un impegno preciso, e in caso di inadempienza sarei stato perseguibile a termini di legge.

Anche con le assicurazioni fui tanto sciocco da non disdire l'appuntamento col funzionario, il quale sfruttò da par suo il mio continuo timore delle malattie, e mi indusse a firmare un foglio e a dargli le cinquemila lire di acconto. Ritornò la settimana dopo a prendere il resto, ma io ci avevo ripensato, gli dissi che non se ne faceva più nulla, si tenesse pure le cinquemila lire e tutto finiva lì.

Quello rispose indignato che le firme sono impegni precisi, e vanno rispettate, minacciò di adire le vie legali e si portò via altre diecimila lire di acconto, lasciandomi la polizza tutta scritta piccola piccola. Io la lessi attentamente da cima a fondo e capii soltanto allora in che razza di nuovo pasticcio mi ero cacciato. In caso di morte il capitale va alla vedova, che però deve fare domanda entro ventiquattr'ore dal decesso, pena lo scadimento di ogni diritto. In caso di sopravvivenza, il capitale lo avrei riscosso io medesimo, ma decurtato del non so quanto per cento a risarcimento rischi e perdite, e dietro presentazione del certificato medico di sopravvivenza, difficilissimo da ottenere, mi hanno detto, perché non si trova quasi mai un medico disposto a mettere sulla carta la constatazione che sei ancora vivo.

Feci i conti, e vidi che ci avrei rimesso come minimo centomila lire. Perciò mi conveniva pagare il premio del primo anno, e poi tacitamente rinunciare a ogni pretesa. In questo modo ci avrei rimesso trentaseimila lire solamente.

Ci sono poi gli impegni a pagherò firmati sulle cambiali, che funzionano automaticamente, da soli, e sono capaci di mangiare vivo te con tutta la casa del nespolo. Lì non c'è nemmeno bisogno di mandare funzionari, arriva l'avviso della banca, e se entro l'ora tale del giorno tale non hai pagato arriva di corsa l'ufficiale giudiziario e ordina il sequestro istantaneo.

La mattina del quattro di ogni mese io mi alzavo

prima del solito, lasciando Anna nel letto addormentata e incosciente, per fare il giro delle banche, lontanissime l'una dall'altra, e pagare. Il giorno otto invece veniva a casa nostra l'esattore del vestiario, un ometto basso coi capelli a spazzola e la mascella quadrata.

Li scelgono sia per l'aspetto fisico che per le doti di caparbietà, questi esattori, e sono altrettanti bulldog, capaci di azzannarti un orecchio e di tenercisi aggrappati a costo di staccartelo. Molto diversi, per esempio, dai commessi del magazzino vestiario – eppure è la stessa ditta – i quali sembrano tanti ufficiali di cavalleria in congedo, compiti, eleganti, gentilissimi e un poco finocchieschi. L'esattore invece ha la faccia cattiva e arrabbiata e ti fa sentire, come del resto sei, in colpa.

Da noi arrivava puntuale alle nove del mattino, e non ci fu verso di fargli capire che, dato il nostro lavoro, spesso ci coricavamo tardi, e alle nove del mattino per noi era come l'alba per tutti gli altri. Niente, alle nove era lì a suonare, pigiando sul campanello con tutto il peso del corpo. Una volta ricordo che Anna ebbe la febbre alta, di notte, per via delle tonsille, e prendemmo sonno verso le sei.

Per fortuna io ricordai che alle nove sarebbe venuto l'esattore, così misi un cartello sulla porta, "Malato gravissimo, non disturbare", e per maggiore prudenza ficcai anche un pezzetto di compensato per bloccare il martelletto del campanello, e staccai il contatto della luce, e misi un po' d'ovatta nelle orecchie ad Anna e a me, caso mai quello si mettesse a bussare coi pugni e coi piedi, per destarci.

Però m'ero scordato aperta la tapparella della portafinestra sul ballatoio, e di lì, dopo aver scavalcato il cancelletto, entrò il bulldog, e ci venne a bussare alla porta della camera e poi entrò urlando permesso permesso.

"Chi è?" domandai trasalendo.

"Abbigliamento, rata marzo."

Verso la fine del mese arriva il letturista della luce e del gas, anche lui verso l'alba, e siccome ci conosce, sa che a quell'ora dormiamo, attacca subito a suonare e non leva il dito dal campanello finché qualcuno non gli ha aperto. E il giorno dopo viene il suo collega con la borsetta dei conti: lo puoi pagare subito, oppure in banca entro otto giorni, trascorsi i quali arrivano due in tuta con le pinze tagliafili e ti mozzano la corrente.

Verso il due arriva la lettera di Mara. Siamo al primo del mese, dice, e ancora non hai mandato i soldi. Con te ci vuole sempre il rammentino. Guarda di mandarli subito, con magari qualcosina in più perché la vita è sempre più cara, tu lo sai. Il bimbo ha fatto la prima comunione, è stato il più bel giorno della sua vita. Sabato lo portai a farlo vedere dal professor Brocchi. Gli ha trovato gli organi genitali poco sviluppati, dice che per farglieli sviluppare ci vorrebbe una cura di ormoni che costa cinquantamila lire. Guarda di mandare anche quelli. Ogni volta che sulla busta vedo la sua scrittura pendente all'indietro, insieme al rimorso mi prende la paura, che mi tocchi cacciare altri quattrini.

Poi ci sono i tafanatori quotidiani, quelli che telefonano per dire a che punto siamo, vediamo di sbrigarci con quel lavoro perché è urgente e si deve andare in tipografia. Ogni volta che suona il campanello o trilla il telefono, mi sento un tuffo al cuore, guardo Anna con gli occhi di una bestia intrappolata e dico: "Vorranno soldi, che dici?".

Eppure io resisterei alla fatica e all'assillo. La paura mia è che la salute non mi regga, perché un giorno

150

a letto, senza nessuna mutua, vuol dire che non soltanto paghi medico e medicine di tasca tua, ma anche stai senza lavorare, senza produrre e perciò senza guadagnare. Peggio: una volta che ti capiti il bisogno delle cure, e ti metti nelle mani dei medici, non la scampi più, continuano a venirti per casa, e ti scoprono malattie sempre nuove, ti operano da tutte le parti, e ti salassano finché non sei morto.

Io, lo giuro, non ho paura della morte, ma l'agonia sì, mi fa paura, specialmente quando dura anni, e ti mozza il lavoro, e tu stai male, avresti bisogno di riposarti e di guarire, e invece continuano a tafanarti i padroni di casa, i letturisti della luce, Mara con la comunione e le palline del bimbo, le tasse, i rappresentanti di commercio, i datori di lavoro, i medici, i farmacisti, le cambiali, gli esattori dell'abbigliamento. L'agonia continua fino a che a tutti costoro sembra che ci sia il modo di levarti di corpo qualcosa ancora, e fino a che tu abbia la forza di continuare. Poi lasciano che tu muoia.

È per questo che il viso dell'agonizzante ci si mostra sempre così terreo e stravolto: sta lottando, non contro la morte ma contro la vita, perché pensa e si arrabatta di trovare i soldi per pagare il prossimo. Poi, appena morto, lo vedete distendersi, riposare, e sorridere ironico. Ora – così par che dica – arrivederci a tutti e sotto voialtri, io stavolta vado in pensione sul serio. Pagateli voi, i conti, e non i vostri soltanto, ma anche i miei, per la cassa, il trasporto, la buca al cimitero. E sorride.

Anzi, mi ha spiegato un amico mio di Roma (ciò che di solito viene nascosto ai più perché, dicono, la morte è solenne e va rispettata e certe cose è meglio non raccontarle in giro) mi ha spiegato quest'amico mio di Roma che un sei sette ore dopo la morte c'è la

151

defecatio post mortem, cioè a dire il morto, quando è morto davvero, se fa 'na bella cagata, nel letto, in modo da cominciare a puzzare prima ancora che si sia avviata la normale putrefazione. E sorride, perché quella evacuazione non è per niente automatica e inconsapevole, secondo me. Il morto lo sa, di andare contro a tutte le regole del ben vivere, si sta beffando dei congiunti, degli amici, delle pie donne. È la sua prima vendetta contro il suo prossimo.

Poi c'è ben altro, perché arrivano i preti. Non si sono mai visti sin allora, né a farti pentire dei tuoi peccati, né a consolarti delle tue pene, ma appena sei morto arrivano perché a loro preme la tua anima, e nel bilancio della loro carriera conta il numero delle anime salvate appena morto il corpo.

E i tuoi congiunti laici anche col prete se la debbono vedere, gli devono spiegare che tu sei sempre stato libero pensatore e miscredente e bestemmiatore, e che quindi non vuoi né la benedizione né l'assoluzione né il crocione davanti al carro né gli orfanelli dietro. E loro invece eccoli lì a discutere, ostinati e tenaci come in vita eran stati con te i venditori d'ogni livello.

Loro appunto vogliono venderti l'ufficio funebre, ma stavolta non tocca a te rintuzzarli: tocca ai congiunti, agli amici, alle pie donne. Tocca a loro, insieme al dolore della dipartita e ai soldi da pagare e ai pensieri per la traslazione della salma, anche quest'altra grana di far fronte alla pietà cristiana.

E tu stai lì, tranquillo, senza sentire niente, senza dovere far niente, perché ormai tocca tutto agli altri. Ecco perché sorridi. La mia paura, quando penso alla morte, semmai è un'altra.

Io li ho visti come sono fatti, gli ascensori di casa mia, il padronale e quello di servizio. Le porticine le hanno studiate apposta perché non ci entrino carichi ingombranti. Uno e novanta di altezza, ottanta di larghezza, e io l'ho controllato, una cassa da morto non ci va, comunque tu la rigiri. E nemmeno c'è da pensare che riescano a portarla a spalla giù per le scale, perché le scale sono a rampa stretta, per risparmiare spazio, e a tetto basso.

Così io non ho ancora capito come fanno a portare giù il morto incassato, quando c'è un lutto ai piani alti di via Meneghino 2, il mio indirizzo. In ascensore non lo portano di certo, perché le misure sono quelle, e nemmeno per le scale. Quindi o calano la bara dalla finestra con il paranco, oppure giù negli scantinati ci dev'essere una camera – come dire? – moribondaria, e lì portano i malati senza più speranza, con un cappotto buttato sulle spalle, sopra al camicione da notte, per farceli morire e poi averli comodi a piano di strada per quando arriva il carro.

A me dispiacerebbe morire negli scantinati, in quel tanfo di nafta e di gatto, magari senza nemmeno un letto per farci la *defecatio post mortem*, e attendere lì legato a una sedia, a occhi chiusi, scomodo, che arrivino i becchini. Voglio morire tranquillo, e voglio anche un funerale solenne.

Ho già scritto nel testamento chi ci voglio, a marciare da casa mia fino al cimitero, quando mi toccherà. Perché disapprovo quel che vedo fare dagli altri in questi casi, cioè non mi va il furgone automobile con le colonnine e i drappeggi neri, progettato non so da chi, metà per il morto davanti e metà per i congiunti dietro, tutti sulla stessa vettura, e la targhetta che precisa: "Posti sei per i dolenti". Sei appena, gli altri hanno due o tre autobus, per seguire a corsa il feretro nel traffico astioso della città, e portare velocemente le corone al camposanto.

No, io voglio un funerale all'antica, e l'ho scritto nel testamento, un funerale laico, ma d'una certa solennità. Laico, ma tradizionale. Non ci voglio i preti, ma gli ex preti ce li voglio, ci voglio quelli che hanno buttato la tonaca alle ortiche e si sono fatti comunisti, pur restando preti nell'animo. Ne voglio quattro, di questi preti spretati e togliattizzati, e poi voglio due cavalli neri col pennacchio in capo, due critici letterari a cassetta, ai quattro cordoni del carro ci voglio nell'ordine uno storico, un critico d'arte, un funzionario di casa editrice e un redattore di terza pagina.

Deve essere un bel funerale. Dietro venga chi voglia, tranne le segretariette secche. Loro no. Poi si scordino pure di me, ma il funerale lo esigo bello, solenne e, come ho detto sopra, laico. Perché troppi amici ho visto morire malamente, e peggio ancora essere accompagnati al camposanto. Non voglio che mi capiti quel che toccò al povero Enzo, per esempio. A Enzo, alla Marina, a Remo.

Sì, lo so. Dicono che Remo venne su per uccidersi, apposta, che scelse questa tetra città per compiervi l'ultimo atto di una sua antica vocazione, di un suo vizio assurdo. Così prese in affitto due stanze più i servizi, tappò ogni fessura con la strisciolina di carta appicciccosa, comprò una bottiglia di cognac, staccò tutti i contatti elettrici, aprì il gas e si stese sul letto a morire.

Così la raccontano ancora. Ma non raccontano l'ultima sua telefonata al padrone, quel che voleva chiedere, la voce che aveva chiedendolo. Non capirono che cosa aveva in corpo, proprio quelli che ora dicono che Remo aveva la vocazione del suicidio. Ora che è morto, lo dicono. Ma allora, quando telefonò, all'altro capo del filo gli fecero trovare soltanto la voce della solita segretarietta secca e terrea, che gli chiese il motivo della telefonata, l'oggetto da archiviare in protocollo.

"Allara lei non vuol callaborare con me," fece la segretarietta, quando lui disse che i motivi erano personali. E un'altra segretarietta, secca e per giunta zoppa, mandarono a rintracciarlo, quando lui per tre giorni non si fece vivo sul lavoro, e il telefono non rispondeva. Gli mandarono la segretarietta zoppa soltanto perché lui non si era fatto vivo da tre giorni, sul lavoro, perché rendesse conto di questa sua assenza ingiustificata che danneggiava le vendite.

Fecero buttare giù la porta, lo trovarono stecchito, e poi cominciarono a dire che aveva sempre avuto la vocazione del suicidio. Dissero ai giornali di stare zitti, nottetempo portarono via il cadavere e archiviarono la pratica: morto per vocazione suicida, per vizio assurdo. Il giorno dopo, in ditta, quando Carlo entrò stravolto dalla notizia, e quasi non riusciva a dire quello che aveva saputo, gli altri lo guardarono con gli occhi del baccellone, e fecero: "Cosa? Remo? Sì, è morto, lo sappiamo".

Anche di Marina dissero che era stata la vocazione, anzi peggio, dissero che era stato per via d'una passione amorosa, e telefonarono ai giornali perché stessero zitti, e si scordarono subito di lei, i compagni, il Fernaspe, tutti. Ma Enzo?

Enzo non aveva la vocazione, no, Enzo voleva campare, conoscere la gente, andarci d'accordo. Lo trovavo spesso al bar sotto casa mia, mi mostrava un libretto pieno di numeri di telefono, tutte ragazze squillo. Mi rimproverava la solitudine, diceva che in questo mondo moderno bisogna coltivare le proprie relazioni pubbliche, vedere gente, farsi conoscere, far girare il nome.

Una sera che avevamo cenato da Vittorio, si andò

insieme a vedere un filmetto comico sui vampiri, con un attore romanesco piccoletto e garrulo. Ma Enzo non rideva, e poi capii perché. Era un vampiro anche lui, poveretto, si teneva in piedi col sangue degli altri, che gli trasfondevano due volte al mese.

"Ma non se lo gode, capisci?" mi diceva un amico livornese. "Il sangue gli passa per il corpo e subito gli si rivoga nel bottino. Come fosse piscio."

Poi un giorno lo rinchiusero nell'ospedale, e suo fratello telefonava a tutti, diceva di andarlo a trovare, che gli avrebbe fatto bene, gli avrebbe tirato su il morale. Alla seconda telefonata mi decisi, perché nel frattempo sono diventato anch'io come gli altri, non ho tempo per i guai del prossimo, e trovai Enzo in corsia, sepolto sotto le coperte. A sentirsi chiamare mise fuori uno spicchio di capo, un occhio appena, nero e furibondo. I medici gli avevano fasciato le mani perché il sangue cattivo gli pizzicava la pelle e a furia di grattarsi s'era riempito di piaghe.

Eppure parlava sempre volentieri, mi chiedeva chi vedi, di' anche agli altri che vengano a trovarmi, che non mi scordino, e continuava a rimproverarmi perché sto sempre solo e non vado mai da nessuno. Era anche contento di come lo trattavano i medici, aveva fiducia nelle medicine, era sicuro di farcela, di campare. E invece Enzo morì.

Entrai in camera sua una settimana prima, e di vivo ormai aveva soltanto gli occhi neri e furibondi. Per il resto era uno scheletro coperto di pelle terrea, e stava appoggiato al muro, con la bottiglia dell'ipodermoclisi appesa vicino al crocefisso, e la cannuccia di gomma che terminava in un ago infilzato nella pelle del braccio. Le mani gli si erano fatte stranamente grosse, nodose, e le muoveva appena.

Con quella libera dall'ipodermoclisi mi fece un cenno come per dire stavolta me ne vado. E provò anche a parlare: "Si parte," capii, e mi guardava incattivito. Ogni tanto dallo stomaco gonfio d'aria gli veniva su un rutto sibilante, e poi la voglia di sputare, e accennava col capo il catino di plastica. Ci voleva dentro una goccia di profumo, dopo, per non sentire il puzzo dello sputo. Con quella poca voce che gli era rimasta insultava il fratello, un giovanotto alto e grosso, ostinato e duro nella decisione di non farlo morire, a costo di mettergli nelle arterie acqua e sangue a fiaschi, a costo di portarlo in capo al mondo, dove fosse un medico capace non di guarirlo, ma di tenerlo vivo anche soltanto così, come un vampiro insaziabile, come un secchio sfondato.

"Tamarindo," rantolava Enzo, perché gli era venuta la sete. "Cretino, tamarindo, subito."

Poi rivolse a me gli occhi incattiviti, vivi soltanto di rancore, e mi disse: "Tu scrivi. Io crepo". Tu parli con gli altri, almeno, voleva dirmi, hai degli amici, anche se non li vuoi né li cerchi. E io, che in trent'anni ho cercato soprattutto di stare col prossimo, invece muoio solo.

E al funerale infatti c'erano i parenti di Lodi, quattro malmaritate, io e il fratello alto e grosso, ostinato come un mulo, la testa incassata fra le spalle, dopo settimane di veglia, ed era lui a dirigere necrofori, preti e becchini. Il traffico rallentava appena, in quel pezzo di strada da casa sua fino alla chiesona di mattoni, poi ricominciava a correre nel senso rotatorio, una macchina dietro l'altra ma ciascuna per i fatti suoi.

X

Lo so, direte che questa è la storia di una nevrosi, la cartella clinica di un'ostrica malata che però non riesce nemmeno a fabbricare la perla. Direte che se finora non mi hanno mangiato le formiche, di che mi lagno, perché vado chiacchierando?

È vero, e di mio ci aggiungo che questa è a dire parecchio una storia mediana e mediocre, che tutto sommato io non me la passo peggio di tanti altri che gonfiano e stanno zitti. Eppure proprio perché mediocre a me sembra che valeva la pena di raccontarla. Proprio perché questa storia è intessuta di sentimenti e di fatti già inquadrati dagli studiosi, dagli storici sociologi economisti, entro un fenomeno individuato, preciso ed etichettato. Cioè il miracolo italiano.

Un ubriaco muore di sabato battendo la testa sul marciapiede e la gente che passa appena si scansa per non pestarlo. Il tuo prossimo ti cerca soltanto se e fino a quando hai qualcosa da pagare. Suonano alla porta e già sai che sono lì per chiedere, per togliere. Il padrone ti butta via a calci nel culo, e questo è giusto, va bene, perché i padroni sono così, devono essere così; ma poi vedi quelli come te ridursi a gusci opachi, farsi fretta per scordare, pensare soltanto meno male che non è toccato a me, e teniamoci alla larga perché questo ormai puzza di cadavere, e ci si potrebbe contaminare. Persone che conoscevi si uccidono, altre persone che conosci restano vive, ma fingono che non sia successo niente, fingono di non sapere che non era per niente una vocazione, un vizio assurdo, e che la colpa è stata di tutti noi. Fai testamento, ci scrivi chi vuoi a seguire il tuo carro, come vuoi il trasporto, ti raccomandi che non ti facciano spirare negli scantinati, ma poi, a ripensarci, vedi che quest'ultima tua volontà è fatta soltanto di rancore beffardo. Poiché l'impresa non era abbastanza redditizia, pur di chiuderla hanno ammazzato quarantatré amici tuoi, e chi li ha ammazzati oggi aumenta i dividendi e apre a sinistra.

Tutti questi sono i sintomi, visti al negativo, di un fenomeno che i più chiamano miracoloso, scordando, pare, che i miracoli veri sono quando si moltiplicano pani e pesci e pile di vino, e la gente mangia gratis tutta insieme, e beve (il fatto fu uno solo, anche se il dottor Giovanni scinde e sposta la storia del vino nella località di Cana). Mangiano e bevono a brigate sull'erba, per gruppi di cento e di cinquanta. Mangiano, bevono e cantano, stanno a sentire la conferenza e appena buio, sempre lì sull'erba, come capita capita, fanno all'amore. Il conferenziere si è tirato in disparte coi suoi dodici assistenti, e discorre con loro sorridendo. È un dottorino ebreo, biondo, sui trent'anni.

I miracoli veri sono sempre stati questi. E invece ora sembra che tutti ci credano, a quest'altro miracolo balordo: quelli che lo dicono già compiuto e anche gli altri, quelli che affermano non è vero, ma lasciate fare a noi e il miracolo ve lo montiamo sul serio, noi.

È aumentata la produzione lorda e netta, il reddito nazionale cumulativo e pro capite, l'occupazione assoluta e relativa, il numero delle auto in circolazione e degli elettrodomestici in funzione, la tariffa delle ragazze squillo, la paga oraria, il biglietto del tram e il totale dei circolanti su detto mezzo, il consumo del pollame, il tasso di sconto, l'età media, la statura media, la valetudinarietà media, la produttività media e la media oraria al giro d'Italia.

Tutto quello che c'è di medio è aumentato, dicono contenti. E quelli che lo negano propongono però anche loro di fare aumentare, e non a chiacchiere, le medie; il prelievo fiscale medio, la scuola media e i ceti medi. Faranno insorgere bisogni mai sentiti prima. Chi non ha l'automobile l'avrà, e poi ne daremo due per famiglia, e poi una a testa, daremo anche un televisore a ciascuno, due televisori, due frigoriferi, due lavatrici automatiche, tre apparecchi radio, il rasoio elettrico, la bilancina da bagno, l'asciugacapelli, il bidet e l'acqua calda.

A tutti. Purché tutti lavorino, purché siano pronti a scarpinare, a fare polvere, a pestarsi i piedi, a tafanarsi l'un con l'altro dalla mattina alla sera.

Io mi oppongo.

Quassù io ero venuto non per far crescere le medie e i bisogni, ma per distruggere il torracchione di vetro e cemento, con tutte le umane relazioni che ci stanno dentro. Mi ci aveva mandato Tacconi Otello, oggi stradino per conto della provincia, con una missione ben precisa, tanto precisa che non occorse nemmeno dirmela.

E se ora ritorno al mio paese, e ci incontro Tacconi Otello, che cosa gli dico? Sono certo che nemmeno stavolta lui dirà niente, ma quel che gli leggerò negli occhi lo so fin da ora. E io che cosa posso rispondergli? Posso dirgli, guarda, Tacconi, lassù mi hanno ridotto che a fatica mi difendo, lassù se caschi per terra nessuno ti raccatta, e la forza che ho mi basta appena per non farmi mangiare dalle formiche, e se riesco a campare, credi pure che la vita è agra, lassù.

Almeno avessi trovato gente come te. Ma la gente come te non me la fanno vedere, non gli danno il modo di dormire a sazietà, la tengono distante, staccata, la fanno venire tutte le mattine presto col treno, e io ho appena fatto in tempo a intravederli, senza capirci nulla, senza nemmeno potergli dire una parola.

Lo so, potrei andare in sezione, dici tu, ma qui dove mi hanno chiuso, ai piani alti di via Meneghino 2, come si fa? Non lo sa nessuno dov'è la sezione, se lo domandi per strada ti guardano come se tu fossi matto. E se anche la trovassi, che cosa credi che dicano, là dentro? Parlano del ventiduesimo, lo sai anche tu. Del torracchione intatto non parlano, e se mi ci azzardo dicono che è una notizia superata, stravecchia, che ci vorrebbe un altro scoppio per ritirarla fuori e sfruttarla politicamente, denunciare all'opinione pubblica e portare avanti un'azione di massa.

Dicevano così, te lo ricordi? E se poi fosse soltanto una questione politica, io saprei il da fare. Se si trattasse soltanto di aprire un vuoto politico, dirigenziale, in Italia, con pochi mezzi ci riuscirei. Il progetto l'ho già esposto altrove, ed è semplice. Mi basta da un massimo di duecento a un minimo di cinque specialisti preparati e volenterosi, e un mese di tempo, poi in Italia ci sarebbe il vuoto. E nemmeno con troppe perdite: diciamo una trentina, e nessuno dei nostri. Con trenta omicidi ben pianificati io ti prometto che farei il vuoto, in Italia.

Ma il guaio è dopo, perché in quel vuoto si ficcherebbero automaticamente altri specialisti della dirigenza. Non puoi scacciarli perché questo è il loro mestiere, e si sono specializzati sugli stessi libri di quelli che dirigono adesso, ragionano con lo stesso cervello di quelli di ora, e farebbero le stesse cose. Lo so, sarebbero più onesti, dici tu, più seri, ma per ciò appunto più pericolosi. Farebbero crescere le medie, sul serio, la produttività, i bisogni mai visti prima. E la gente continuerebbe a scarpinare, a tafanarsi, più di prima, a dannarsi l'anima.

No, Tacconi, ora so che non basta sganasciare la dirigenza politico-economico-social-divertentistica italiana. La rivoluzione deve cominciare da ben più lontano, deve cominciare *in interiore homine*.

Occorre che la gente impari a non muoversi, a non collaborare, a non produrre, a non farsi nascere bisogni nuovi, e anzi rinunziare a quelli che ha.

La rinunzia sarà graduale, iniziando coi meccanismi, che saranno aboliti tutti, dai più complicati ai più semplici, dal calcolatore elettronico allo schiaccianoci.

Tutto ciò che ruota, articola, scivola, incastra, ingrana e sollecita sarà abbandonato.

Poi eviteremo tutte le materie sintetiche, iniziando dalla cosiddetta plastica.

Quindi sarà la volta dei metalli, dalle leghe pesanti e leggere giù giù fino al semplice ferro.

Né scamperà la carta. Eliminata carta e metallo non sarà più possibile la moneta, e con essa l'economia di mercato, per fare posto a un'economia di tipo nuovo, non del baratto, ma del donativo. Ciascuno sarà ben lieto di donare al suo prossimo tutto quello che ha e cioè – considerando le cose dal punto di vista degli economisti d'oggi – quasi niente. Ma ricchissimo sarà il dono quotidiano di tutti a tutti nella valutazione nostra, nuova.

Saranno scomparse le attività quartarie, e anzitutto i grafici, i PRM, e i demodossologi.

Spariranno quindi le attività terziarie, e poi anche le secondarie.

Le attività del tipo primario – coltivazione della

terra – andranno man mano restringendosi, perché camperemo principalmente di frutti spontanei.

È ovvio che a questo si arriverà per gradi, e non senza arresti o inciampi.

Agli inizi formeremo appena delle piccole comunità, isolette sparute in mezzo allo sciaguattare dell'attivismo, e gli attivisti ci guarderanno con sufficienza e dispregio.

Per parte nostra, metteremo alla porta con ferma dolcezza i rappresentanti di commercio, gli assicuratori e i preti.

Avremo eletto per nostra dimora le zone meno abitate, cioè quelle che hanno clima migliore.

A poco a poco vedremo la nostra isola crescere, collegarsi con altre isole fino a formare una fascia di territorio ininterrotto.

E un giorno saranno gli altri, gli attivisti, a ridursi in isola; poche decine di longobardi febbrili aggrappati a rotelle e volani, con gli occhi iniettati di sangue. Forse non riusciremo mai a vincerli alla nostra causa, e resteranno lì a correre in circolo, a firmarsi l'un con l'altro cambiali, a esigerne il pagamento. Ridotti così in pochi, man mano che i meno saldi muoiono d'infarto, formeranno un cerchio sempre più angusto e rapido, fino a scomparire da sé.

E noi li staremo a guardare dall'esterno, sorridendo.

Il lavoro si sarà per noi ridotto quasi a zero, vivendo dei frutti spontanei della terra e di pochissima coltivazione.

Saremo vegetariani, e ciascuno avrà gli arredi essenziali al vivere comodo, e cioè un letto.

Il problema del tempo libero non si porrà più, essendo la vita intera una continua distesa di tempo libero.

Scomparsi i metalli, gli uomini avranno barbe fluenti.

Scomparse le diete dimagranti e i pregiudizi pseudoestetici, le donne saranno finalmente grasse.

Scomparsa la carta, non avremo né moneta né giornali né libri.

Perciò, trasmettendosi le notizie di bocca in bocca, noi non sentiremo né le false né le superflue.

Senza libri, la letteratura dovrà tramandarsi per tradizione orale, e la tradizione orale non potrà non scegliere i soli capolavori.

Vedremo automobili ferme per via, senza più carburante, e le abbandoneremo ai giochi dei bambini, ai quali però nessuno dovrà dire che cosa erano, a che cosa servivano quelle cose un tempo.

Ovunque cresceranno vigorose erbe e piante, in breve l'asfalto si tingerà tutto di verde, con immediato miglioramento del clima.

Anche le zone umide e nebbiose diventeranno abitabili.

Gli animali domestici passeggeranno liberi e robusti in mezzo a noi, galline, dromedari, pipistrelli, pecore eccetera.

Cessato ogni rumore metalmeccanico, suonerà dovunque la voce dell'uomo e della bestia.

Liberi da ogni altra cura, noi ci dedicheremo al bel canto, ai lunghi e pacati conversari, alle rappresentazioni mimiche e comiche improvvisate. Ciascuno diventerà maestro di queste arti.

Non essendovi mezzi meccanici di locomozione, ci sposteremo a dorso d'asino o a piedi, e questo favorirà l'irrobustimento dei corpi, con immediati vantaggi fisici ed estetici.

Grandi, barbuti, eloquenti, gli uomini coltiveranno nobili passioni, quali l'amicizia e l'amore.

Non esistendo la famiglia, i rapporti sessuali saranno liberi, indiscriminati, ininterrotti e frequenti, anzi continui.

Le donne spesso fecondate ingrasseranno ancora, e i bambini da loro nati saranno figli di tutti e profumeranno la terra.

Noi li vedremo venir su forti e chiari, e li educheremo alle arti canore e vocali, alla conversazione, all'amicizia, all'amore e all'intercorso sessuale, non appena siano in età a ciò idonea. Andateci piano, ragazzi, che tanto ce n'è per tutti.

Nell'attesa che ciò avvenga, e mentre vado elaborando le linee teoriche di questo mio neocristianesimo a sfondo disattivistico e copulatorio, io debbo difendermi e sopravvivere.

Ogni mattina mi desta il filo di luce che trapela dalle stecche delle tapparelle, e sotto il ringhio sordo della città che ha cominciato a mordere. Resto con gli occhi aperti, aspetto i colpetti della tosse, tiro su col naso. Anna nel letto gemello respira calma, la bocca un poco aperta, e dorme incosciente. Dalla quantità della luce io so che fra non molto arriverà la prima telefonata, e so anche che i tafanatori delle nove e dieci, nove e un quarto, sono i più pungenti, i più agguerriti, i più tossici, specie se è un lunedì, se sono reduci da due giorni filati di relax. Per questo, alla seconda tosse, giudico che è meglio scendere dal letto. La prima telefonata, almeno, la prenderà Anna, toccherà a lei inventare qualcosa. Ma forse Anna non si sveglia nemmeno, non sente il trillo. Meglio così, meglio che dorma ancora.

Anzi, per non destarla, raccatto per la stanza le mie robe senza accendere la luce, un po' a tasto: le mutande, i calzoni, scarpe e calze, la camicia di lana. La giacca dev'essere all'attaccapanni dell'ingresso, le sigarette sono lì accanto. Con le braccia ingombre di roba arrivo nel corridoio e scarico tutto sul pavimento, per poi vestirmi con ordine e non sbagliare. Potrei lavarmi la faccia, lo so, ma intanto a me pare un'ipocrisia, penso che un uomo o si lava tutto, da capo a piedi, o tanto vale che esca così.

E poi ho voglia di un caffè, del giornale; e so che questo è il momento buono, a quest'ora non hanno cominciato a mandare su e giù l'ascensore, perché escono piuttosto tardi, gli inquilini di via Meneghino 2: la famiglia giapponese dell'ultimo piano, gli iracheni giudei del secondo, i francesi di sopra e di sotto, la slava col marito inglese dell'altro blocco.

Subito si accende la lampadina rossa e la scatola di legno scricchiolante ma veloce mi porta giù, verso la guardiola del portiere, da dove sua suocera strizza gli occhi per vedere bene chi entra e chi esce.

Appena fuori c'è il traffico che mi investe. Io potrei dire senza calendario che giorno è, proprio dal traffico. Rabbiosi sempre, il lunedì la loro ira è alacre e scattante, stanca e inviperita il sabato. La domenica non li vedi, li senti però, dentro le case, indaffarati coi rubinetti, le vasche da bagno, gli sciampo, i bidet, a sciacquarsi sopra e sotto, specialmente le donne, a rifarsi la testa, le labbra e gli occhi.

Poi, dopo la messa, rieccoli in branco, stimolati dal digiuno, accecati dalla santità della cerimonia, drogati dalla prospettiva del relax, che si avventano al bar per la pastarella, l'aperitivo, e se hai con te un bambino te lo pestano, te lo fanno piangere. Dal bar vanno all'edicola e comprano anche tre, quattro giornali illustrati, spingendoti di lato coi gomiti, perché alla mezza devono andare in tavola e hanno premura.

Il traffico astioso delle auto, la domenica comincia

nel primo pomeriggio, perché vanno sempre in branco alla partita. Gli altri giorni sono pericolosi, e chi ha un bambino fa bene a mettergli in testa la paura del traffico, e dirgli attento nini, la macchina ti schiaccia, dai la mano a mammina. Come se fossero lupi, le automobili.

Ma anche i grandi debbono stare attenti, se sono pedoni senza la mutua, perché se finisci sotto sei fregato. Se finisci sotto fuori delle strisce, loro non hanno da pagarti una lira, anzi sei tu che gli paghi il danno eventuale, il vetro del finestrino rotto, lo sporco del sangue sui sedili, un'ammaccatura al cofano, l'incomodo, il tempo perso, perché loro hanno sì l'obbligo di non omettere il soccorso, ma poi te lo fanno scontare, tanta benzina dal punto del sinistro all'ospedale, tanto dall'ospedale al posto dove avevano la commissione, un appuntamento mancato, un affare andato a monte per colpa tua. Loro hanno gli avvocatoni, e tu sei solo. La paghi anche se finisci sotto al passaggio zebrato, perché nell'urto è quasi sicuro che tu vai a cadere più in là delle strisce, e loro possono sempre dire, e dimostrare con gli avvocatoni delle assicurazioni, che è stato fuori, l'investimento. Conviene traversare sulle strisce, ma tenendoti al margine più vicino alla parte da dove arriva il traffico, così sei un poco più sicuro di cadere nel passaggio, e i danni te li pagano, anche se penalmente non gli costa più di un quattro mesi con la condizionale.

E al bimbo, se ce l'hai, mettigli bene in testa la favola del lupo-automobile, anche a costo di far diventare lupo lui, che desideri la macchina per schiacciare gli altri, da grande.

Ci sono due passaggi zebrati, dalla porta di casa mia all'edicola dei giornali e finora ce l'ho fatta senza danno, solo qualche insulto dai guidatori costretti a rallentare, specialmente quelli civili, quelli consapevoli del proprio dovere, che si bloccano davanti alle strisce e con la manina rabbiosa ti fanno segno di passare, e intanto borbottano *'sto pirla*.

Io lo so, perché succede così quando salgo in macchina con un amico, e sarebbe bello lasciarsi portare senza fatica, correre per le strade mentre tu pensi a niente di preciso, eppure i pensieri filano e sono buoni. Sarebbe bello, senza questo spirto belluino che ridestasi persino nel poeta di Luino.

Anche Vittorio, uomo mite e civile e pacioso, di poche tenui parole, appena ha in mano il volante diventa una belva, è come se si fosse chiuso in una scatola di rancore. Lui crede, perché l'ha letto, e io so dove, d'avere allargato, con l'auto, la sua cerchia di libertà oggettiva, di essere uomo libero da piazza del Duomo fino al mare della foce, e invece è lì, chiuso fra le lamiere, sordo alle tue parole, ostile al prossimo suo. Non vede il nastro del Taro lucido giù sotto Piantonia, non vede i boschi della Cisa, non vede le donne che dal margine offrono il panierino di giunco con le fragole o i lamponi. In fondo Vittorio si è ridotto peggio dei giovinastri bauscioni che passano la domenica correndo fino al grill dell'autostrada del sole, dove il sole non c'è mai, e se anche c'è nessuno se ne accorge, e anzi gli dà noia.

Gli dà noia il sole, gli dà noia la pioggia, gli dà noia il vento, e se potessero, se comandassero in tutto e per tutto loro, non ci sarebbe nemmeno più il clima, le stagioni, il tempo, ma soltanto una cupola grigia e fuligginosa sopra la città. E perché sia così costantemente operano.

La chiamano nebbia, se la coccolano, te la mostrano, se ne gloriano come di un prodotto locale. E prodotto locale è. Solo, non è nebbia.

No, la nebbia è semmai nelle campagne, viene su dalle rogge fumiganti che vanno ad allagare le marcite, sì da consentire anche dieci tagli di fieno l'anno, e infatti ha odore di stalla, questa nebbia che trovi fuori di città. Ma dentro non è nebbia.

È semmai una fumigazione rabbiosa, una flatulenza di uomini, di motori, di camini, è sudore, è puzzo di piedi, polverone sollevato dal taccheggiare delle segretarie, delle puttane, dei rappresentanti, dei grafici, dei PRM, delle stenodattilo, è fiato di denti guasti, di stomachi ulcerati, di budella intasate, di sfinteri stitici, è fetore di ascelle deodorate, di sorche sfitte, di bischeri disoccupati.

Succede a volte che in città arrivi il vento, un vento senza odore e senza nome, perché nessuno si dà la pena di fiutarlo e di chiamarlo in qualche modo. Arriva non sai da dove, anzi da ogni parte, ti ripesca a tutti i cantoni, non ti dà agio di appoventarti. Arriva e spazza via la cupola fulligginosa, e per qualche ora ti sembra di esserti messo gli occhiali, il disegno delle case si fa netto, i lumi a sera brillanti, vedi persino le stelle, e il Monte Rosa dal terrazzino.

Due, tre volte all'anno vedi il cielo longobardo, così bello quando è bello, ma subito ricominciano a taccheggiare gli attivisti, a rifare fumi, flatulenze, fetori, polveroni, esalazioni, e in un paio di giorni al massimo la cupola fulligginosa è ben ricomposta, e gli attivisti ci respirano dentro soddisfatti, perché hanno ritrovato l'aria natia, senza sole, senza vento e senza pioggia.

A volte piove, lo so, anzi piove spesso, ma alla prima goccia qualcuno deve dare l'allarme, perché in tutta la città spuntano ombrelli e impermeabili, fanno una seconda tettoia più bassa, una cupola sotto la cupola, che escluda quell'acqua già del resto impastata di fuliggine, perché non viene giù dalle nuvole, viene giù dal cupolone fuligginoso, e insomma anche lei è un prodotto meteorologico collettivo, una flatulenza di uomini, di camini e di motori che ha incontrato una falda d'aria più fredda e si è condensata in questa specie di rigovernatura di città.

Dal portone di casa mia all'edicola, dicevo, ci sono due passaggi zebrati pericolosi. Ogni mattina in piazza c'è l'incidente stradale, due auto ferme muso contro muso, i guidatori in piedi a urlare, se uno non è già morto, e un capannello di gente sul marciapiede che sta a guardare. Intanto sono arrivati gli operai coi picconi e scavano la fossa. Scamiciati, col muso duro e rossiccio, danno di piccone sull'asfalto, e se poi la massicciata è troppo dura, arrivano altri col martello perforatore, ci premono sopra con tutto il corpo e vibrano dai piedi alla testa; vibra anche l'aria attorno a loro.

Aperta la buca, se ne vanno. Il giorno dopo altri operai provvedono a rimettere a posto la terra scavata, che risulta sempre troppa e fa montarozzo, sicché bisogna far venire il rullo compressore a schiacciarla, e poi un'altra macchina a stendere altro asfalto, bitume e ghiaino. Gli scavatori intanto si sono spostati un poco più in là, sempre sul marciapiede, e scavano una fossa nuova, che sarà riempita puntualmente il giorno dopo.

Nessuno ha mai saputo perché facciano queste fosse. Non è che poi ci sotterrino i morti del settimanale incidente d'auto gravissimo, ad ammonimento per gli incauti, e nemmeno vanno a cerca di reliquie, di ruderi, di tartufi, di minerali. Sotto l'asfalto, sotto la massicciata, trovano terra e soltanto terra, da rimettere in sito ogni volta, eppure scavano, e la gente non protesta per l'incomodo, né per il fragore dei martelli vibratili. La gente protesta semmai se nella casa di

170

fronte tengono il grammofono troppo alto e arrivano a cascata le note di Vivaldi.

Per i rumori lavorativi c'è rispetto sommo, invece, e in quel dissennato scavare tutti vedono il segno del progresso. Anche perché non hanno scordato di quando, tre anni or sono, vennero in piazza con le macchine pesanti e aprirono una buca vasta come un cratere, che si riempì subito dell'acqua di una fogna sfiancata, e ci galleggiavano tavoloni, carriole, gatti morti. Non s'era mai visto nella zona scavo più grande e più drammatico, e tutti stavano a guardare con ammirazione, fino al giorno in cui riempirono il cratere e ci misero sopra, a coperchio, una tettoia di plastica azzurra, tutta a guglie puntute come una pagoda. Che cosa ci sia sotto nessuno l'ha mai capito bene, ma intanto, dicono, ci ha lavorato un branco di gente, e come si sa il lavoro fa circolare la grana, l'operaio spende i dané e se ne avvantaggiano tutti.

Per motivi di ricerca sociologica ho provato anch'io, una volta, a mettermi panni dimessi, camicia senza colletto, calzoni turchini sporchi di calce, la barba lunga e i capelli scarruffati. Ho provato, in questa tenuta, e munito di piccone, paline bianche e rosse a strisce e lanternino cieco per la notte – scelto un altro quartiere perché qui ormai mi conoscono – ho provato a scavare uno spicchio di strada, e poi a lasciarci la buca. Nessuno me lo ha vietato, e anzi il giorno dopo c'erano operai a disfare il mio lavoro, a riempire la mia buca, guidati da un geometra in camicia bianca ma senza cravatta, serio. "Che lavori sono?" chiesi, e lui fece un gesto vago, senza rispondere. Mi pagarono anche la giornata, quando mi presentai all'ufficio tecnico comunale, poco ma me la pagarono, e io conservo il mandato e posso anche esibirlo a richiesta, se qualcuno non ci crede.

Il doppio passaggio zebrato – viale e controviale – è pericoloso anche per via delle macchine che vengono da lontano a fare la spesa nel bottegone nuovo, che occupa quasi tutto il pianterreno di casa mia. Le macchine arrivano di continuo, arronzano il marciapiede, si bloccano con stridore di freni, proprio dinanzi allo stretto varco fra la fossa dei picconatori e il passaggio zebrato, ne scendono uomini e donne con gli occhi arsi dalla *febris emitoria*, che non vedono nulla, ti urtano coi gomiti, ti travolgono insieme a loro verso il bottegone.

Il bottegone è una stanza enorme senza finestre, con le luci giallastre sempre accese a illuminare le cataste di scatole colorate. Dal soffitto cola una musica calcolata per l'effetto ipnotico, appesi al muro ci sono specchi tondi ad angolazione variabile e uno specialista, chiuso chissà dove, controlla che la gente si muova, compri e non rubi.

Entrando, ti danno un carrettino di fil di ferro, che devi riempire di merce, di prodotti. Vendono e comprano ogni cosa; gli emitori hanno la pupilla dilatata, per via dei colori, della luce, della musica calcolata, non battono più le palpebre, non ti vedono, a tratti ti sbattono il carrettino sui lombi, e con gesti da macumbati raccattano scatole dalle cataste e le lasciano cadere nell'apposito scomparto. Nessuno dice una parola, tanto il discorso sarebbe coperto dalla musica e dal continuo scaracchiare delle calcolatrici.

Il bancone giù in fondo è quello delle carni. Dietro c'è una squadra di macellai e macellaie che spartono terga di bove, le affettano, le piazzano sul vassoio di cartone, le involgono nel cellofan e poi richiudono con un saldatore elettrico. Davanti al bancone sostano le donnette, ognuna ha in mano un vassoio di carne e lo guarda senza vederlo, lo tasta, lo rimette al suo posto, ne piglia un altro. La donnetta accanto a lei prende a sua volta il vassoio scartato, lo guarda, lo tasta, lo rimette al posto suo, e avanti. Nelle ore di punta il vassoino non fa nemmeno più in tempo a ritornare sul bancone: appena visto e tastato, passa in mano a un'altra donna, percorre tutta la fila delle donnette chine come tanti polli a beccare in un pollaio modello. Poi ritorna indietro.

Sarebbe una grossa perdita di tempo, e di guadagno, ma ci sono degli specialisti in borghese che, alle spalle delle donnette ipnotizzate, provvedono di soppiatto a colmare fino al dovuto il carretto in attesa, oppure a spostarlo, in modo che i più solerti, sbagliandosi, stivino di merce anche il veicolo dei più tardivi, e tutti, alla fine, abbiano comprato pressappoco la stessa roba, e nella stessa quantità.

Continua la musica ipnotica e quando la gente è arrivata alla cassa, ormai paga automaticamente tutto quel che si ritrova a trascinare nel carretto. Gli emitori con automobile spesso prendono due carretti a testa e non se ne vanno finché non li abbiano visti ben pieni.

La fila delle cassiere è sempre attiva ai calcolatori, e le dita saltabeccano di continuo sui tasti, come cavallette impazzite. In testa hanno un berrettino azzurro col nome del bottegone, non battono palpebra, fissano i numerini con le pupille dilatate, e ogni giorno hanno il visino più smunto, le occhiaie più bluastre, il colorito più terreo, il collo più vizzo, come tante tartarughette.

Ci sono anche giovinastri neri e meridionali, con scatole e appositi portacarichi, i quali trascinano fino alle auto la caterva degli acquisti, dodici bottiglie di acqua gazzosa, dieci pacchetti di gallettine, olive verdi col nocciolo e senza, gli assorbenti igienici per la signora, perché tanto anche 'sto mese ci sono stati attenti, un osso di plastica per il barboncino, venti barattoli di pomodori (anzi di pomidoro, dicono), un pelapatate americano brevettato, che si adopera anche con la sinistra, i grissini, gli sfilatini, i salatini, gli stecchini, i moscardini e i tovagliolini di carta con le figure a fantasia, tanto spiritosi, tanto divertenti.

Io lo dico sempre, metteteci una catasta di libri, e accecati come sono comprerebbero anche quelli. Ho letto su un giornale specializzato che questo è l'*agorà*, il *forum*, la piazza dei nostri tempi, e forse è vero. Però non mi scordo che alla Svolta del Francese c'era già tutto questo, e anche di più.

Mi ricordo che il vecchio Lenzerini, al suo bottegone di Scarlino Scalo, teneva tutta questa roba e altra ancora, anche i cappelli teneva, i vasi da notte, il baccalà a mollo e i lumi a carburo. Ti preparava anche un cantuccio di pane col salame, il Lenzerini. Bastava chiederglielo, e intanto ti raccontava di quando suo nonno accompagnò Garibaldi a casa Guelfi, e lo vide riposarsi sotto il quercione, in vista di Cala Martina. Era con lui un bel giovane, che si faceva chiamare il capitano Leggèro, ma di certo doveva essere un nome finto.

"Professore, lasci stare, pagherà quest'altr'anno." Davanti al bottegone c'è uno spiazzo dove razzolano le galline, e niente passaggio zebrato. Qui invece è doppio e pericoloso, viale e controviale dal cancello di casa mia all'edicola dei giornali.

Se mi mancano le sigarette, bisogna che faccia altri cinquanta metri di marciapiede, pure tormentato dalle buche, pieno di fango quando piove, aspro e sassoso nei giorni asciutti. Comunque sia, bisogna stare attenti a dove si mettono i piedi. La tabaccheria è all'angolo, poi c'è un altro passaggio zebrato, ma meno pericoloso, e di fronte la farmacia.

Mi azzardo fin là soltanto se ho finito la bottiglia di sciroppo alla codeina, per la tosse; di solito mi fermo al bar tabaccheria, e ordino un pacchetto di sigarette belghe e un caffè, che fa trecento lire precise. Potrei anche sedermi a guardare il giornale, ma se in negozio c'è la tabaccaia, una signora anziana e nervosa che tiene molto alla buona clientela, nel suo locale leggere non si può.

Ho provato: appena mi vede a sedere, con quella barba lunga e gli occhi gonfi, senza un impiego preciso, dottore sì, ma questo glielo ha detto il tintore del negozio accanto, e lei come fa a fidarsi di uno che non si rade, che sta mezz'ora filata nel bar alle dieci di mattina, e campa non si sa bene di che cosa? – appena mi vede seduto trova una scusa qualunque, chiede permesso, rovista in vetrina proprio alle mie spalle, fa entrare una corrente d'aria, e se io appoggio il giornale al tavolo, subito ci posa sopra una bottiglia, un vassoio di paste, il pacco delle schedine del totocalcio, e insomma mi fa capire che non è il caso, che a leggere il giornale me ne vada da un'altra parte.

Infatti ormai io mi limito a prendere le sigarette, a bere il caffè, e torno indietro sul marciapiede, ritraverso il doppio passaggio zebrato, e il mio giornale me lo leggo al bar proprio sotto casa mia, dove padrone è un ex questurino della bass'Italia, che non va tanto per il sottile, purché uno paghi in contanti. Al tempo dei grandi scavi, nel suo bar si affollavano i picconatori all'ora del pranzo, si portavano da casa il pane e la frittata, e lì ordinavano un litro di vino. Il padrone ex strappapanciotti se n'era fatto venire diverse damigiane scadenti dal suo paese, e il guadagno c'era sicuro.

Ora invece ci vengono le ragazzine secche del bottegone, col grembiule azzurro e il berrettino in testa: ordinano cappuccio e cornetto o brioscia, e non danno fastidio. Io me ne sto in un angolo, e ogni tanto tossisco, e leggo il mio giornale, la cronaca cittadina, lo sport, gli spettacoli, e a volte anche il fondo politico, sull'apertura, la chiusura, il vertice, il piano, la convergenza parallela e così via. Quando entrano i commessi piccoli e neri, meridionali, e si mettono a giocare a calciobalilla, mi alzo e me ne vado.

Me ne vado anche quando vedo entrare il signor Cilibrizzi, perché so che mi attacca la solita lagna della carta d'identità.

Bisogna sapere che io non ho documenti personali.

Il passaporto l'avevo, ma una notte Mara, di soppiatto, per la stolta paura che io scappassi all'estero, me lo sfilò di tasca. E la legge dice che per il passaporto occorre il permesso del coniuge. Non solo, se io lo chiedessi, in questura risulterebbe che l'ho già avuto, e che l'ho perso, e non ho denunciato lo smarrimento, e questa mancata denuncia è un crimine.

A me di non avere il passaporto non importa nulla, tanto non viaggio, men che mai oltralpe. Ma un documento d'identità mi farebbe comodo, e il signor Cilibrizzi che lo sa e mi vuol bene, pur stimandomi un incapace, ogni volta che m'incontra attacca.

"Dottàre," fa slabbrando le vocali, "quando l'è che facciamo 'sta carta. Ce la porto io dal fotografo, stia tranquillo, ce la porto io in comune. Poi si va dal commissario, e in tre ore lei ha il suo bel permesso per Francia, Svizzera e Austria. Perché, lei non ci va volentieri in Svizzera, dottàre? Ma lo sa lei che dadi da brodo si comprano in Svizzera? Non sarebbe contenta, la sua signora, coi dadi svizzeri? No?"

Ormai sono le dieci e un quarto, e preferisco fare due passi, prima di tornare su a battere a macchina: intanto do ad Anna il tempo di svegliarsi, perché so che fin verso le undici dorme. Per i quattro passi mi propongo una meta, altrimenti non avrebbe senso la passeggiata. Cioè vado a vedere i cartelloni esposti fuori d'uno dei tre cinema raggiungibili da casa mia a piedi, e senza dover passare troppi incroci.

Ma non è una passeggiata. Piuttosto è una marcia, aritmica e aggobbita, con le scarpe hegeliane che fanno male, il vento sempre in faccia quando c'è, e la pioggerella che gocciola sul collo, o il sole negli occhi, e di continuo la tensione di dover badare al traffico, anche stando sul marciapiede, perché non è raro che le macchine invadano anche la sede pedonale, e ti schiaccino.

Per strada passa gente frettolosa, da qualche negozio esce una commessina in grembiule, ma siccome si vergogna d'essere vestita così, zampetta in un tentativo di corsa, quasi per far intendere che si trova in strada per puro caso, e dunque non badino a quel grembiule. Mi fermo qualche secondo dinanzi ai cartelloni del film, faccio le mie considerazioni, decido di venirci, nel primo pomeriggio, quando di solito non ci sono quasi spettatori. Poi entro a bere un altro caffè e subito riprendo la marcia aggobbita verso casa. Sono quasi le undici quando, coi due caffè in corpo – a volte anche tre – e il sommovimento della marcia, entro nel bagno.

XI

In questo, diciamo la verità, io sono sempre stato regolare. Ogni mattina entro le undici vado di corpo. Mi porto in bagno il giornale e profitto del quarto d'ora di seduta per scorrerlo di nuovo, ed è proprio allora che scopro tante notiziole curiose sfuggite alla prima occhiata: un'evasione fiscale, uno sfruttatore di donne arrestato, un aborto procurato. La lettura aiuta questa funzione corporale, anche se mio padre diceva il contrario. Mio padre, lo ricordo benissimo, dava grande importanza alla seduta mattutina in gabinetto, diceva che in quei minuti bisognava non pensare ad altro, concentrarsi bene, farla tutta, e non capiva perché noialtri ragazzi avessimo sempre bisogno di portarci dietro il giornalino.

Per me è vero il contrario, però rispetto le idee e il ricordo di mio padre, alto e magro, con il suo pigiama rosa-grigio, quando entrava ciabattando al gabinetto, e ad andarci dopo di lui sentivi un odore forte e virile, commisto di tabacco, un odore di babbo, che ti accoglieva come un'ombra, come una nuvola protettrice. Io invidiavo a mio padre quest'odore, perché capivo appunto che soltanto un uomo fatto, con moglie e figlioli, può odorare così.

E perciò ora dovrei essere contento, anche orgoglioso, quando m'avvedo dall'odore forte, commisto di tabacco, d'essere diventato io un uomo fatto, un babbo con moglie e figlioli. Invece no. Invece anzi mi sgomento, perché la mia non è un'ombra, una nuvola grande e protettrice. No, io del babbo ho soltanto questo, il puzzo.

Comunque sia, dal lato intestinale io vado bene, sono regolare, non ho mai avuto bisogno di lassativi, purghe, clisteri o robe del genere. Il guaio mio è un altro, sono i bronchi che non mi reggono, perché basta un po' di freddo, o anche soltanto respirare troppo a lungo l'arione sporco della città, e mi comincia la tosse.

Certe notti di qualche anno fa mi arrivava improvvisa e così violenta che ogni colpo minacciava di staccarmi la testa e me la riempiva di dolore. Chissà, forse la tosse pompa e forza il sangue dentro il cervello, ce lo spinge fino a fartelo scoppiare, e a me per l'appunto veniva la paura di diventare tutto paonazzo, tutto viola in viso, e poi morire di emorragia cerebrale. Si svegliava persino Anna, con il faccino gonfio di sonno e di spavento, poverina, e dopo un po' correva di là a prepararmi qualcosa di caldo.

Io cerco di guarire, certo, e anzi ora sto meglio, rispetto alle nottate viola di qualche anno fa. Prendo sciroppi di faggio, oppure di bacche di pino giovane, sciroppi corretti alla codeina, che blocca i centri nervosi della tosse. Però mi ci vorrebbe ben altro, mi ci vorrebbero i coperchi di coccio, che si scaldano sul fuoco di carbonella e tengono il calore, e a metterli sul petto sciolgono ben bene gli umori dei bronchi. E invece oggi le pentole non si trovano più, coi coperchi di coccio.

Qualcuno consiglia di farmi vedere dal medico, ma a parte il fatto che io non ho mutua, dei medici non mi fido, non ne conosco personalmente nemmeno uno, e so che a mettermi in mano a un medico estraneo, quello cerca poi di non mollarmi più, di tenermi cliente fisso, e mi scopre chissà quali malattie; siccome è specializzato vorrà che vada a farmi vedere anche dai suoi colleghi, e poi va a finire che mi operano, mi aprono, e allora veramente non saprei più come si mette, alla prima operazione mi dimenticano in corpo qualcosa, uno zaffo di garza, un paio di forbici, un ago col budello del gatto (è tutta roba che ho letto sui giornali, non me la sto inventando) e allora mi devono riaprire e così via.

E poi i medici, oltre tutto, anche se parlano di scienza sono sempre stregoni, stregoni cattolici per giunta, e cioè interpretano la malattia come una conseguenza sintomatica del peccato, cominciano a dire lei ha bevuto troppo, lei ha mangiato troppo, lei ha fumato troppo, lei ha scopato troppo, e il male le è venuto appunto per punirla del peccato, e ora il peccato lei lo sconta soffrendo, e ancora lo sconterà curandosi, perché la cura è efficace se punisce il peccato, cioè se è lunga, costosa, dolorosa e fastidiosa. Il purgatorio moderno è fatto di purghe, di iniezioni, di interventi chirurgici.

Ma l'intestino, dicevo, per fortuna ce l'ho regolare, tutto a posto. Sono passate da poco le undici quando ho finito e tiro lo sciacquone. Succede talvolta che lo scroscio sveglia Anna, che fa capolino in camiciola da notte, con gli occhi gonfi e la bocca impastata.

Perché anche Anna ha i suoi guai. La gola, lei soffre di gola, basta anche poca umidità e le marciscono le tonsille; e anche quando non le viene la febbre alta, la mattina si leva con la bocca amara e le labbra secche, di umore nero, e deve correre in bagno a sciacquarsi bene i denti, per portare via la patina giallastra.

Nemmeno mi saluta. Io resto a sedere sulla tazza e lei sta lì davanti curva al lavandino per pulirsi i denti, in camiciola da notte. Guardandola in questa prospettiva, con la camiciola che le arriva poco sotto la vita, a me verrebbe anche voglia di fare all'amore, e qualche volta ci abbiamo provato, ma pare impossibile, se si fa all'amore di mattina, sul più bello arriva la telefonata, ci tocca smettere perché non si sa mai, potrebbe anche essere importante; uno dei due deve andare a rispondere, e ricominciare dopo, dal punto preciso dove si era rimasti, risulta difficile.

Così, senza dirlo, abbiamo deciso di fare all'amore soltanto la sera dopo la mezzanotte, in segreto e in silenzio, come gli elefanti, quando si è ben sicuri che non ci saranno interruzioni. Ma intanto Anna si lava bene i denti, per togliere la patina del mal di gola. Lei sa che tempo c'è fuori anche senza aprire la finestra, lo calcola da come si sente la gola. Dice sempre che un giorno o l'altro si dovrà far togliere le tonsille, ma non si decide mai, un po' per vigliaccheria, un po' perché ha imparato da me a non fidarsi dei medici, specialmente quando non si ha la mutua.

Ma nel frattempo io ho finito la mia seduta, e sono pronto per lavorare. Ogni mattina io riattacco come se avessi smesso dieci minuti prima, perché il cervello in realtà non si è mai arrestato, nemmeno dormendo: il risveglio, il caffè, la marcetta fino ai cartelloni del cinema, ma intanto, quasi senza che me ne accorga, ho continuato a pensare.

Mercoledì, il destarsi della città nelle retrovie francesi, una quarantina di chilometri dietro il fronte nella primavera del diciotto. Lo sbigottimento, la folla che converge verso la Place de Ville, le tre bandiere dei tre paesi cobelligeranti svettano sui tre pennoni davanti al municipio, in fondo c'è un reparto di cavalleria schierato, e dal vialone avanza la fanteria, con un carro armato leggero in testa ad aprire la strada nella calca. Poi c'è una donna che sviene per la fame, e qualcuno che le porge un cantuccio di pagnotta. Ciò provoca il colloquio fra il sergente con la faccia da brigante e il veterano alto in blusa cilestrina: un pretesto per svelare il perché dello sbigottimento della città. C'è un reggimento che si è ammutinato, all'ora zero non si è mosso dalle trincee, soltanto qualche ufficiale subalterno e qualche sottufficiale. E i tedeschi non ne hanno approfittato per passare, sono rimasti anche loro fermi in trincea, non hanno nemmeno abbozzato il contrattacco (e avrebbero potuto sfondare senz'altro, in quel settore). Nemmeno l'artiglieria si è mossa, a parte qualche colpo isolato per rompere il silenzio. L'ordine di Gragnon – due sbarramenti di fuoco, uno sui reticolati tedeschi, l'altro sui camminamenti francesi, per stanare gli ammutinati – non è stato eseguito. Adesso arriva in città il reggimento, sugli autocarri stipati come di bestiame. Prima la macchina coi tre generali grigi e catafratti, poi gli autocarri.

Venivano anch'essi veloci, e in formazione serrata che pareva interminabile perché era un reggimento intero. E tuttavia non ci fu ancora rumore concertato, definito, umano, nemmeno la scrosciante espressione del saluto stavolta, ma solo l'agitazione, lo spostamento del moto nella folla stessa che diede l'andatura al primo autocarro, in quel silenzio che era ancora sbalordito e non del tutto credulo, in cui tormento e terrore parevano sorgere all'approssimarsi di ogni autocarro, e racchiuderlo al passaggio, e seguirlo alla ripresa, rotto solo quando qualcuno – una donna – urlava verso uno dei volti passanti – un volto che, per via della velocità dell'autocarro, era già passato e svanito prima che il riconoscimento diventasse un fatto, e il rombo dell'autocarro successivo l'aveva già sommerso prima che il riconoscimento diventasse un grido, sì che gli autocarri parevan viaggiare anche più veloci della macchina, quasi che la macchina, con mezzo continente supino dinanzi al suo cofano, godesse il dono dell'agio, mentre gli autocarri, la cui destinazione adesso poteva calcolarsi in secondi, avessero solo lo sprone della vergogna.

Se non m'interrompono con le telefonate, io vado avanti filato e tranquillo fin verso l'una, quando Anna bussa al muro di cucina, per dirmi che il latte è pronto, un bel mezzo litro di latte caldo con il cacao e molto zucchero.

Non si crederebbe, che alimento a resa immediata sia il latte così preparato, dieci minuti dopo che l'hai preso ti dà tanta energia, e dopo la pausa dell'una ri-attacco subito a battere, infilando la serie tortuosa delle subordinate, degli incisi, delle ellittiche, come un treno quando affronta un groviglio di binari e fila si-curo in stazione.

C'è una crisi di stanchezza verso la decima cartel-la, mi fanno un po' male i muscoli sopra le clavicole, i cosiddetti omoioidei: non sembra, ma si traduce con quelli, ogni colpo sui tasti della macchina si scarica lassù, per verificarlo basta lavorare un momento con una mano sola, la destra, e poggiare la sinistra sulla spalla, e si sente il gran lavoro che fanno gli omoioidei.

Se però riesci a vincere questa crisi della decima cartella, dopo vai avanti senza nemmeno accorgerte-ne, ed è l'ora migliore per lavorare, fra l'una e mezzo e le due e mezzo, perché è proprio quando i tafanato-ri vanno in tavola, e non gli passa certo per il capo l'idea di telefonarti. Fra l'una e mezzo e le tre, supera-ta la crisi delle dieci cartelle, puoi lavorare filato e indisturbato, raggiungere tranquillo le diciassette, diciotto cartelle, addirittura le venti, cioè la razione quotidiana.

A questo punto puoi staccare, hai messo insieme le mille lire dell'affitto, le quasi tremila per Mara, le altre mille fra luce gas telefono e tasse comunali, le duemila del vitto giornaliero, le altre mille per incerti, spettacoli, vestiario e varie, le cinquecento delle spesette tue a borsellino, caffè insomma, sigarette e qualche cinema dei paraggi.

Non sempre però io riesco a fare la razione giornaliera entro le tre, perché può esserci una telefonata più lunga del solito, o un ratealista che viene a offrire qualcosa, e non si può cacciarlo. Anna poi, quando è passato il quarto dopo le tre, comincia a battere sul muro di cucina, per dirmi che il pranzo è pronto. Io so che bussa qualche minuto prima che sia pronto davvero, perché calcola che io voglio finire la pagina o almeno arrivare al punto e daccapo, perciò ignoro quella prima bussata e continuo a battere. Ma alla seconda bussata, o alla terza, debbo muovermi, perché la pastasciutta è sul piatto davvero ormai, e si scuoce, si raffredda.

Allora mi alzo e vado a sedermi a tavola. Sono quei dieci passi dalla camera alla cucina che mi fanno piombare addosso, improvvisa, la stanchezza piena delle diciassette, diciotto cartelle. Così resto un poco immobile e muto sulla sedia di cucina, con le braccia sul tavolo, gli occhi fissi in avanti, su Anna, ma senza vederla. La stanchezza e le sigarette mi tolgono l'appetito, ed è per questo che dico ad Anna: "Lascia che mi concentri un momento. Per mangiare ci vuole un minimo di ispirazione".

Lei ha anche sturato il fiasco e mi versa un bicchiere di vino. Ne bevo un bel sorso per levarmi di bocca il sapore del fumo, stendo le braccia alte sul capo, per dare modo allo stomaco di dilatarsi, all'esofago di snodarsi, e sono pronto. Dico ad Anna quante cartelle ho già fatte, e lei ogni volta fa con la bocca un verso come di ammirazione, di meraviglia. Perché si meravigli, poi, non so. Forse finge, vuole farmi contento.

"Te ne resterebbero due, no?" mi dice.

"Diciamo tre. Ho in macchina la diciottesima."

"Allora due, no?"

"Tre. Sono tre ancora da fare. Diciotto, diciannove e venti." Le conto sulle dita.

"Be' insomma, due o tre, in mezz'ora ce la fai. Ora mangia, poi riposati un po', vai un po' a letto."

A pensarci bene, a far bene i conti, io ho un lavoro privilegiato, con cinque ore al giorno me la cavo, mentre altri devono farsi le loro otto quotidiane di ufficio, più un'altra ora di tram, da casa al posto di lavoro, e hanno gli orari comandati, la macchinetta che punzona all'ingresso, oppure l'usciere apposito che segretamente marca e poi riferisce al capo del personale, e hanno i rapporti umani a cui stare dietro, gli attriti aziendali, tanta fatica per guardarsi le spalle dalle manovre delle segretarie, e dei dirigenti in ascesa.

Io no, io debbo soltanto lavorare cinque ore al giorno, anche la domenica s'intende – e fanno trentacinque ore settimanali, una media da sindacato americano – ma poi sono libero, e non ho attriti aziendali, né umane relazioni, non ho insomma necessità di vedere gente.

Anna qualche volta mi dice che questa è una vita un po' da talpe, che ogni tanto dovremmo far venire a casa nostra qualcuno, e io per contentarla le rispondo di sì, ma poi non faccio nulla, e provvede lei da sola, se proprio le va, a telefonare a qualche conoscenza.

Io non gliel'ho mai detto, ma secondo me è sbagliato far venire gente per casa, è una fatica imprevista e improduttiva, che nessuno ti compensa. Anche se il conoscente viene soltanto dopo cena, bisogna tenere la conversazione, metterci un minimo d'intelligenza, di spirito, altrimenti quello poi va in giro a dire che sei svanito di stanchezza, e la voce gira, e non ti danno più lavoro perché concludono che ormai tu non ce la fai più. Bisogna bere con il conoscente, e chi se ne intende sa che una cosa è il bere da soli, distesi comodamente sul letto, coi muscoli allentati e il cervello sgombro, altra cosa il bere in compagnia. In compagnia il bicchierino deve agire da stimolante, ogni sorso provocare una battuta, un'osservazione, un'arguzia, un motto, e che sia pertinente con le battute, le osservazioni, le arguzie e i motti spiritosi dell'interlocutore. Altrimenti non sarebbe un invito per il dopocena. E tutto questo significa fatica non ricompensata, che ti rimane addosso il giorno dopo, insieme a qualche fumo di alcol bevuto male, troppo in fretta, troppo in tensione.

Bisognerebbe non vedere mai nessuno: dopo le cinque ore quotidiane alla macchina, bisognerebbe soltanto allentarsi e dormire. Fare ogni pomeriggio il sonnellino ristoratore. Anna mi ha rimesso il letto in ordine, io accendo la lucetta sul comodino, chiudo bene le tapparelle, specialmente se c'è il sole, perché non so dormire con la luce, mi verso un bicchierino, preparo le sigarette, i cerini, il giornale, il vaso da notte a portata di mano, caso mai ce ne fosse bisogno, perché oltre tutto proprio quando mi scordo il vaso, spesso, nel pomeriggio, mi viene il bisogno, e allora mi tocca interrompere il sonnellino per andare nel bagno. Leggo ancora un po' il giornale, sorseggio il bicchierino, fumo un altro paio di sigarette, poi spengo e cerco di lasciarmi andare alla stanchezza e alla sonnolenza della digestione.

E invece non sono mai riuscito a riposarmi davvero. La prima mezz'ora pare che tutto funzioni: sento i polpacci che mi si fanno di piombo, le spalle che si allentano, gli omoioidei che si decontraggono, la testa che si svuota, sento che il sonno arriva come una piega di velluto nero. Ma dura poco: verso le quattro il rumore della città ricomincia a mordere, se il tempo è buono le domestiche ne profittano per andare sui ballatoi a sbattere i tappeti, e siccome insieme al panno colpiscono anche il ferro della ringhiera, tutto il casamento risuona come se fosse un contrabbasso.

Oppure sono i tafanatori col telefono, arriva improvviso lo squillo alto e rovente, come un termocauterio applicato sui lombi, e il cuore comincia a battermi più forte. Ci pensa Anna a rispondere, lo so, ma io comincio a rimuginare chi sarà stato, che cosa vorranno, e poi mi torna alla mente che alla razione mancano ancora tre pagine, che se mi addormento troppo poi non ce la faccio, entro l'ora di cena, a finire.

Mi torna alla mente anche la storia degli autocarri con sopra il reggimento stivato, e come rendere l'entrata in scena di Gragnon, al secondo capitolo, la sua figura di generale professionista, con un'infanzia lontanissima nell'orfanotrofio dei Pirenei, gli anni di servizio in colonia, sergente degli *spahis*, la scuola ufficiali, le stelle sul berretto, il comando della divisione nel quarto stanco anno di guerra in Europa.

Poteva durare altri dieci, altri venti anni, la guerra, e allora Francia e Britannia sarebbero svanite quali entità militari e persino politiche, e la guerra sarebbe diventata affare di un manipolo di americani, che non avrebbero avuto nemmeno le navi per tornarsene a casa, ridotti a battersi coi rami degli alberi sciancati, e i travicelli delle case rovinate, e le pietre dei muretti dei campi invasi dalla gramigna, e le baionette rotte, e gli affusti dei cannoni marciti e i frammenti rugginosi strappati dagli aerei schiantati e dai carri bruciati, contro gli scheletri delle compagnie tedesche.

Ho paura anch'io, come il generale Gragnon: lui che la guerra finisca, e che non gli tocchi mai un comando di corpo d'armata; io di non farcela, entro stasera, a vedere il numero venti, quaranta, sessanta, sull'ultima cartella della razione. Se mi addormento troppo, come recupero, poi? Dove trovo un'ora di calma e di forma piena, per portare avanti le tre cartelle residue? Perché poi viene l'ora di cena, e dopo cena non si lavora bene, vengono i periodi stracchi, quegli improvvisi cali di forma, che poi in casa editrice qualcuno rileva, e fa notare alla direzione letteraria. Discontinuo, dicono, stanco. Gruppi di pagine che filano benissimo e poi un cedimento, e lì bisogna rimetterci le mani. Certo, sarà stanco, il prossimo lavoro sarà meglio darlo a persona più fresca, meno affannata, meno carica di preoccupazioni e di fretta.

Rimandare a domani non si può, perché le tre cartelle vanno a sommarsi alla razione quotidiana, che è già alta, e io ho calcolato che un ritmo di venti cartelle al giorno si può reggerlo, ma se ci metti sopra uno sgobbo in più, ti disunisci nello sforzo, e la fatica va a sommarsi geometricamente, e poi la sconti con una super-stanchezza che non è facile smaltire.

Se poi mi capitasse la sventura di ammalarmi, non so, un peggioramento della bronchite, qualche giorno di letto, come farei? Per questo bisogna dire che se la passa meglio chi lavora sotto padrone: se si mette a letto lo stipendio gli fila lo stesso, ha anche medici e medicine gratis con la mutua, medici che, non avendo alcun incentivo di guadagno a tenerlo a lungo malato, cercano di guarirlo al più presto. E anche il padrone ha interesse a farlo guarire presto: anzi manda lui un buon medico, e se per esempio c'è un'epidemia di asiatica, si preoccupa della prevenzione, dà ordine alla segretaria di mettere sul tavolo di ciascuno il flaconcino della vitamina C, e manda l'ordinanza scritta che ogni dipendente ne prenda la sua razione, tante tavolette al giorno.

Certo, anche lavorando sotto padrone con la mutua e le vitamine, non puoi metterti a letto quando ti pare, certi giorni bisogna che tu vada in ufficio lo stesso, perché ci sono momenti in cui il cosiddetto assenteismo può costare caro, perché qualcosa bolle in pentola, stanno cambiando i rapporti di forza, e allora gli assenti hanno sempre torto. Ci sono giorni, nelle aziende, in cui è indispensabile trovarsi sul posto, fare avvertire la propria presenza fisica.

Infatti se stai lontano, e sia pure con una giustificazione di una malattia, ritornando trovi tutto cambiato. Proprio come quando ero piccolo e andavo a giocare in cortile con gli altri ragazzini; alle cinque la mamma mi chiamava su in cucina a prendere la merenda, e quando ritornavo giù con in mano la fetta spalmata di marmellata di more, una marmellata nera, densa, aromatica, scoprivo che nel frattempo gli altri avevano cambiato gioco, avevano nominato un comandante nuovo, diviso in altro modo i ladri dai carabinieri, e per me non c'era più posto, non c'era più gioco, e restavo solo da una parte a guardare, mangiando la fetta di pane con la marmellata di more.

Succede così anche a lavorare nelle aziende: a volte, è vero, può essere buona tattica restare a casa, darsi malato, ma altre volte, se stai assente, tornando trovi che tutto il gioco è cambiato, che hanno messo un altro capo, e che tu non ci entri più, non sei né ladro né carabiniere.

Ora bisogna che mi alzi, mi vesta, scenda a prendere un caffè, affrontando di nuovo il doppio sorpasso zebrato. Fuori è già buio, hanno acceso i lampioni, anche quelli gialli degli incroci che sfigurano la faccia del prossimo, e vedi la gente muoversi affannata, come tante larve, sfiorate dallo sfrecciare astioso del traffico su quattro ruote.

Il caffè della sera lo prendo in un altro bar, più spazioso, e dove lasciano che tu sieda un momento a tavolino. Ci sono garzoni di farmacia, gobbetti, colonnelli in pensione, qualche prostituta in disarmo, la padrona scarmigliata che litiga col fratello e ogni tanto lo picchia. Insomma è un bar malfamato, e forse per questo lasciano stare la gente seduta, anche me con la barba lunga, senza obbiettare. Magari poi sparlano dietro la schiena, ma non me ne importa nulla. Ci trovo quasi sempre il tintore Aldo, che sorbisce un bicchiere di vino bianco corretto con l'amaro, e spesso vuole pagare lui il mio caffè. Ha per me grande stima e rispetto, pur rimproverandomi l'incuria della persona, e spesso chiede un mio parere sulla questione che sta discutendo con gli altri.

Si chiedono, per esempio, perché negli annunci economici, alle offerte di lavoro, vogliono sempre gente non sopra i trent'anni e militesente. Oppure se un garzone di prestinaio, minorenne e pressato dall'urgenza di consegnare il pane a domicilio a trenta clienti, può salire con bicicletta e gerla sul marciapiede. E in caso di incidente, cioè se per disavventura investe qualcuno, una vecchia o un bambino, è responsabile lui oppure il proprietario del negozio.

Discutono sugli ingredienti che entrano nella fabbricazione del whisky, se ci vuole l'orzo, o l'avena, oppure il granturco. Vogliono sapere da me quale è il participio passato del verbo soccombere, o anche se è vero che una donna può restare incinta facendo il bagno nell'acqua sporca del fratello, e in tal caso che rapporto di parentela legale c'è fra il padre involontario e il neonato.

Aldo ordina un altro bicchiere di vino bianco corretto e gesticola, mentre riattacca la sua dissertazione: "Intelligentemente analizzando": comincia sempre così. Poi mi indica la ragazza che è entrata: "Hai veduto che due galloni ci ha sotto quella lì? Hai veduto che bel sorriso ci ha dentro?".

Io finisco sempre per fare tardi, a sentire le discussioni di Aldo con garzoni, gobbetti e baristi, e intanto penso alle tre pagine che mi restano per arrivare alla razione. Però basta che alle sette sia a tavolino, ed entro le otto ho finito di sicuro, anche se il lavoro serale non va mai spedito e liscio come quello del mattino.

Dalle otto fino all'ora di cena resto ozioso, mi annoio, avrei magari voglia di tirare avanti con la traduzione, ma lo evito, perché so che la super-fatica dopo le venti pagine si somma geometricamente e poi non è facile smaltirla. Così mi metto intorno ad Anna che sta preparando la cena, le racconto qualche brano del lavoro che sto facendo, le chiedo cosa c'è da cena, do una mano ad apparecchiare, mi verso un mezzo bicchier di vino, che bevuto prima di mangiare funziona un po' da aperitivo, e finalmente ceniamo.

Al pasto della sera io sono meno stracanato, e perciò capita anche che con Anna si faccia qualche chiacchierata sul più e sul meno: sullo scadimento dell'istituto familiare, per esempio. Perché un tempo, e cioè quando l'economia europea era prevalentemente agricola, la famiglia aveva un senso sociale ed economico; un podere a mezzadria non lo davano a un contadino senza figli, o con pochi figli, mentre oggi il padrone della fabbrica o anche il direttore della banca, licenzia la ragazza che si sposa, segno che il matrimonio viene giudicato antieconomico. Se si sposano ancora, lo fanno per un perdurante pregiudizio feudale. Convenia-

mo che bisognerebbe consigliare a tutti di non sposarsi. Se due si vogliono bene, vivano pure insieme come
marito e moglie, ma senza andare dal sindaco per la
ratifica, e meno che mai dal prete. Noi ci consideriamo
fortunati, perché non siamo marito e moglie, e perché
abbiamo un tipo di lavoro che ci permette di stare
sempre insieme, dalla mattina alla sera, per tutta la
vita. Meglio di due sposati regolarmente, insomma.

Certo, il lavoro ci costringe ad abitare in una città
che non piace a nessuno dei due, e qualche volta abbiamo discusso il progetto di trasferirci in un posto
più bello, non so, in un paesetto sul mare, dove il clima
sia più benigno. Potrei venire su io una o due volte al
mese, a prendere il lavoro, e poi farmelo in santa pace
lontano dalla fuliggine di qui. Almeno, mettendo gli
occhi fuor di finestra, non vedrei solamente fumo, ac-
querugiola e le finestre altrui serrate.

È un ragionamento giustissimo, lo so, ma è anche
vera quest'altra considerazione, e io la ripeto ad Anna,
tutte le volte che ci cade il discorso: cioè che se io me
ne vado di qui, sono certo che dopo dieci giorni quelli si sono dimenticati persino che faccia ho, e lavoro
non me ne danno più. Bisogna stare sulla piazza, se si
vuol lavorare, bisogna che ci sia sempre qualcuno a
rispondere alle telefonate, perché le telefonate danno fastidio, pungono, è vero, ma rappresentano anche il pane.

Anna dice che ogni tanto potremmo fare qualche
viaggetto, muoverci un po', levarci di dosso l'ariaccia
e l'umido di queste parti, andare per pochi giorni a
respirare meglio, a riscaldarci i bronchi e le tonsille.
Non per niente gli altri hanno trafficato tanto per ottenere la settimana corta, per comprarsi quattro ruote, e così andare il sabato e la domenica in campagna.

Io sono contrario a comprare la macchina, anche

se si trovassero i quattrini, e sono contrario ai viaggi in treno, perché mi fanno venire in mente quella volta del quarantatré, quando in tradotta, tutto un plotone con zaini e armi di accompagnamento, su un carro bestiame, ci portarono da Stia, alle sorgenti dell'Arno, fino a Copertino sotto Lecce, due giorni e due notti di viaggio, a dormire sul duro del piancito di legno e ferro. Mi è rimasto nelle orecchie lo sferragliare del treno, e lo risento eguale ogni volta che faccio un viaggio nuovo.

E poi viaggiare secondo me non serve a nulla, ai giorni nostri, non ci impari proprio niente. Anche uno che abbia ambizione di scrivere, non è che viaggiando apprenda qualcosa di nuovo, o trovi argomenti da raccontare. Al massimo potrà scrivere qualche articolo di giornale, ma se è una persona seria, tornando si guarda bene dal mettere sulla carta quello che ha visto, o creduto di vedere. Io per esempio ho un amico scrittore, che una volta andò in aereo sino a Pechino, nel Catai, come dicevano gli antichi. Eppure, siccome è uno scrittore serio, tornando non si è mica messo a parlare dei cinesi! Al contrario, ha continuato a parlare dei cecinesi, e fa bene, perché quelli li conosce davvero.

Insomma non c'è niente da fare, bisogna star qui perché siamo poveri, e ci manca il coraggio di dar di balta al carretto e metterci a campare come barboni autentici. Finché non avremo questo coraggio, dovremo stare qui e sgobbare. Per me rinuncerei perfino ai quindici giorni dell'estate al mare, se non fosse per Anna che è tanto innamorata del mare, e che sta ore e ore in due pezzi ad arrostirsi al sole.

Il sole piace anche a me, naturalmente, e anzi mi fa bene. Mi fa bene il sole, l'aria di mare, il moto, il riposo, il vitto buono. Ma non per quindici giorni soli.

In due settimane l'organismo fa appena in tempo ad abituarsi alla vita nuova, e subito si deve riabituare alla vecchia. E poi sono quindici giorni improduttivi, e quello di portarsi dietro il lavoro per farlo in vacanza è un discorso teorico. No, finisce che per quindici giorni non tocchi la macchina, e allora vai sotto, perché le spese continuano a correre, la pigione di casa corre, la luce corre, anche se hai spento bene tutto la quota fissa te la fanno sempre pagare; e in più hai le spese della vacanza, perché se sei in vacanza devi pur concederti qualche lusso, un pranzetto, un bicchierino, una gitarella in barca.

Insomma se uno è costretto per nascita e malasorte a lavorare, meglio che lavori di continuo finché non muore, e se ne stia fermo sul posto di lavoro. Io non capisco tanta gente che sgobba per farsi la casa bella nella città dove lavora, e quando se l'è fatta sgobba ancora per comprarsi l'automobile e andare via dalla casa bella. Io poi l'automobile non l'avrò mai, e nemmeno la casa bella; debbo contentarmi di lavorare per restare come sono, e lavorare sempre di più, anzi, perché con il continuo aumento dei prezzi, per restare come sono occorre un guadagno ogni anno maggiore.

Il risparmio di fatica lo faccio semmai proprio sui viaggi, e anche sui semplici spostamenti urbani. Quella di andare in centro, come fanno quasi tutte le donne ma anche parecchi uomini, secondo me è un'altra fatica inutile e sciocca, che io per quanto posso evito. Giusto quando c'è da consegnare un lavoro, perché bisogna andarci di persona; e allora io faccio in modo, quando proprio mi tocca andare in centro, di avere pronto più d'un lavoro, così basta un'uscita sola a consegnare tutto, va via mezza giornata appena, un pomeriggio, e a volte ci entra anche un cinema di prima visione.

Ma non sempre, anzi di rado. Solitamente l'uscita in centro è per me una faticaccia, una pena. Intanto c'è il tram, mezz'ora e più costretto fra gente estranea e ostile, con la faccia rinceppata e piena di rancore, e le sollecitazioni e le velate ingiurie del bigliettaio al quale non puoi nemmeno rispondere come meriterebbe perché hai contro l'articolo 344. Posso prendere un tassì, che qui è meno caro rispetto ad altre città italiane, e con cinquecento lire te la cavi, e fai anche la bella figura di dare qualcosa come mancia. Ma anche il tassì ti coinvolge nel traffico, devi aggrapparti agli appositi sostegni (cioè alla cinghietta di cuoio) e l'autista pare scordarsi di te, frena, accelera, svolta come se dietro avesse un sacco di patate, oppure di te si ricorda, sì, ma per coinvolgerti nella rissosa sua polemica contro il resto dell'universo automobilistico: lancia un insulto in dialetto, e io non lo capisco, e poi commenta, voltando un po' la testa, rivolto a te, e chiede il tuo intervento d'opinione.

Fare la strada a piedi è troppo lungo e faticoso, almeno all'andata, e rischi di arrivare fuori orario, quando le ditte hanno chiuso. Al ritorno semmai mi capita di farmi un bel po' di strada a piedi. Perché succede che aspetto il tram a una fermata, poi quello arriva troppo carico, oppure tarda, e io mi stanco di stare lì impalato in mezzo al branco delle segretariette secche, senza sedere, intecchierite da parer di sale, senza muovere nemmeno gli occhi, col visino astioso e stanco. Allora penso che il tram posso aspettarlo alla fermata prossima e intanto fare due passi, che giovano alla salute, tanto più che a me, provinciale, camminare è sempre piaciuto, e così vado avanti, costretto al passo degli altri, è vero, ma sempre solo e autonomo, libero se voglio di entrare in un caffè, di non parlare con nessuno, di guardare di qua e di là.

Ma poi alla fermata successiva trovo il solito grappolo di identiche segretariette, oppure il tram è già passato, o anche è troppo carico per salirci. Alle fermate c'è sempre gente che aspetta, anche all'ultima prima del capolinea, roba da chiedersi dove andrà, questa gente.

Anna mi ripete abbastanza spesso che ogni tanto dovrei muovermi, vedere gente, non soltanto quella utile per i rapporti di lavoro, ma anche così in generale. È il discorso del povero Enzo, che in vita sua curò sempre le proprie pubbliche relazioni, e quando fu morto dietro al carro funebre ebbe appena qualche amico di Lodi, tre o quattro malmaritate e me.

No, è brutto concludere così, ma vedere gente non serve a nulla e anzi è una perdita di tempo. E poi mi sono accorto che andando in centro trovi sì qualche conoscenza, ma ti accorgi subito che la tua conoscenza è un fatto puramente ottico. Non trovi le persone, ma soltanto la loro immagine, il loro spettro, trovi i baccelloni, gli ultracorpi, gli ectoplasmi. Nei primi mesi dal loro arrivo in città forse no, forse resistono e hanno ancora una consistenza fisica, ma basta un mezzo anno perché si vuotino dentro, perdano linfa e sangue, diventino gusci. Scivolano sul marciapiede rapidi e senza rumore, si fermano appena al saluto, con un sorriso scialbo (e anche all'esterno, se guardi bene, sono già un poco diversi, cioè impinguati e sbiancati). Dicono: "Scusa ho premura, ho una commissione, scappo" e subito scappano davvero riscivolando taciti sul marciapiede. Al massimo arriveranno a dirti, stringendoti la mano perché tu gliela porgi, proprio per sentire se ci sono in carne e ossa o se invece è soltanto un'immaginazione tua, o un fantasma, al massimo ti dicono: "Fatti vedere".

Dentro le ditte è la stessa cosa: uno che magari al

mattino ti ha teletafanato per il lavoro, lì pare sorpreso che tu arrivi proprio col lavoro che ti aveva chiesto al mattino. Sorpreso, stanco e un poco seccato, perché la tua presenza, adesso, è un assillo, un tafano per lui. Prende il lavoro, lo guarda dubbioso, dice vedremo e lo mette in un cassetto, e poi ha da fare, e così io me ne vado. Me ne vado volentieri perché dentro le ditte c'è odore di morto, aria di chiuso, stanchezza, ma non stanchezza abbandonata, anzi scattante, attiva, febbrile, come quando ti senti arrivare in corpo l'influenza.

Non vedi l'ora d'essere per strada, dove almeno la gente che passa non la conosci affatto, a parte quei gusci che dicono: "Fatti vedere". Ma che cosa volete vedere, che cosa volete, voi ectoplasmi? A voi, da vedere, al massimo darò la mia fotografia, me ne faccio fare parecchie copie e ve la distribuisco, così guarderete quella. Ai più autorevoli toccherà stampata su un ovale di porcellana, da appendere al muro con sotto un lumino e il vasetto dei crisantemi.

No, è meglio starsene a casa. Finita la cena, Anna sparecchia e spesso decidiamo di scendere al bar, sotto, dove accendono la televisione. Un giorno o l'altro io la televisione me la compero a rate, così la guardo disteso sul letto, scalzo, con le mani sulla pancia, senza fatica e senza scendere al bar di sotto dove le sedioline tubolari sono scomode, e il padrone strappapanciotti appollaiato alla cassa muove di continuo gli occhi da me al cameriere, sollecitando me a consumare, lui a servire, a chiedere, a stimolare, come una zia di casino. Restiamo per tutto il programma, o almeno fin dove il padrone ritiene lecito lasciare acceso, a sua discrezione. Poi, se il tempo non è infame, facciamo il giro dell'isolato discorrendo.

"Come va, nina?" dico io.

"Mi sento un po'..." e fa la solita smorfia, Anna, soffia, gonfiando le gote. "Mi sento un po' intorzata."

"E di corpo vai bene?"

"Mica tanto."

"Perché non prendi qualcosa?"

"Ci vorrebbe verdura, molta verdura all'olio, cotta. Ripulisce." Il traffico a quell'ora si dirada, e ogni tanto arriva una macchina mugghiando libera e scatenata giù dal vialone. Sul marciapiede passa qualche giovinetta triste e dimessa col cane al guinzaglio. Lo porta giù a notte, per i suoi bisogni. Il cane sta lì, legato per il collo, e s'inarca tutto nello sforzo.

"E tu, con la tosse?"

"Meglio meglio."

"Ti dovresti far vedere, lo sai? Questi sciroppetti sono palliativi."

Invece lo sciroppetto al faggio o al pino giovane, corretto con la codeina che blocca i centri nervosi della tosse (mentre il faggio e il pino, balsamici, favoriscono l'espettorazione), io me lo prendo sempre prima di dormire. Lo sciroppetto, o anche le perline, poi mi verso un altro bicchierino, lo metto sul tavolo basso fra i due letti gemelli, con accanto il pacchetto delle sigarette belghe e i cerini, vado a scegliere un libro, mi spoglio e leggo un po'.

Legge anche Anna, di solito sceglie autori dell'Ottocento francese, ma nel testo originale, così fa anche pratica, e ogni tanto me ne traduce qualche riga, e commenta. La codeina non blocca soltanto i centri della tosse; credo che li blocchi un po' tutti, infatti sento che presto arriverà il sonno, e dico ad Anna che forse sarebbe il caso di smettere, che lei venisse nel mio letto per farci all'amore. Sì, lo so, lo so, che certe sere lei non se la sentirebbe, ma per me ormai quella cosa è indispensabile come il pino, il faggio, la codeina e il bicchierino.

"Su nina, vieni, facciamolo."

"Sì sì, finisco il capitolo e vengo."

Io resto lì mezzo coricato, coi pensieri sempre più nebbiosi. Mentre si guardavano soffiò la granata del bengala, e tracciò il suo arco iridescente e sbottò nel paracadute. Dev'essere così: quel *plopped* è uno *sbottò*. Ma più avanti come la metto? È lo stesso *plopped*, no? Dice: *the soft blob of light plopped and burst on the open page*. È quando Gragnon sta leggendo *Gil Blas*, lo ricordo. La morbida bolla di luce gocciò e si ruppe sulla pagina aperta. Come quella che spenge Anna prima di venire nel mio letto. E anch'io, tra poco, sbotto e goccio. Dunque quel *plopped* va bene così, no? Poi il sonno è già arrivato e per sei ore io non ci sono più.

Milano, inverno '61-62

Ultimi volumi pubblicati in
"Universale Economica"

Arnon Grunberg, *Lunedì blu*
Osho, *Scolpire l'immenso*. Discorsi sul mistico sufi Hakim
   Sanai
Albert O. Hirschman, *Le passioni e gli interessi*. Argomenti
   politici in favore del capitalismo prima del suo trionfo
Bert Hellinger, *Riconoscere ciò che è*. La forza rivelatrice
   delle costellazioni familiari. Dialoghi con Gabriella Ten
   Hövel
Richard Overy, *Sull'orlo del precipizio*. 1939. I dieci giorni
   che trascinarono il mondo in guerra
Pierre Kalfon, *Il Che*. Una leggenda del secolo. Prefazione di
   M. Vázquez Montalbán
Carlo Ginzburg, *Occhiacci di legno*. Nove riflessioni sulla
   distanza
Giorgio Candeloro, *Storia dell'Italia moderna*. Volume quar-
   to. Dalla rivoluzione nazionale all'Unità. 1849-1860
Giovanni De Luna, *Le ragioni di un decennio*. 1969-1979.
   Militanza, violenza, sconfitta, memoria
Paolo Rumiz, *Maschere per un massacro*. Quello che non
   abbiamo voluto sapere della guerra in Jugoslavia. Con
   una nuova introduzione dell'autore
Alessandro Carrera, *La voce di Bob Dylan*. Una spiegazione
   dell'America. Nuova edizione riveduta e ampliata
Marco Archetti, *Maggio splendeva*
Gad Lerner, *Scintille*. Una storia di anime vagabonde
Nick Cave, *La morte di Bunny Munro*

José Saramago, *La seconda vita di Francesco d'Assisi* e altre opere teatrali

José Saramago, *Saggio sulla lucidità*

Lao Tzu, *Tao Te Ching*. Una guida all'interpretazione del libro fondamentale del taoismo. A cura di A. Shantena Sabbadini

Manuel Vázquez Montalbán, *Assassinio a Prado del Rey* e altre storie sordide

Paolo Fresu, *Musica dentro*

Tim Burton, *Burton racconta Burton*. Prefazione di J. Depp. A cura di M. Salisbury

Antonio Tabucchi, *Il tempo invecchia in fretta*. Nove storie

Banana Yoshimoto, *Delfini*

Douglas Lindsay, *Il monastero dei lunghi coltelli*

Ilvo Diamanti, *Sillabario dei tempi tristi*. Nuova edizione aggiornata e ampliata

Renata Scola, Francesca Valla, *S.O.S. Tata*. Tutti i consigli, le regole e le ricette delle tate per crescere ed educare bambini consapevoli e felici

Federico Moccia, *Amore 14*

Amos Oz, *Una pace perfetta*

'Ala al-Aswani, *Chicago*

Osho, *La danza della luce e delle ombre*

Giovanni Filocamo, *Mai più paura della matematica*. Come fare pace con numeri e formule. Prefazione di F. Honsell

Eugenio Borgna, *Le emozioni ferite*

Jesper Juul, *I no per amare*. Comunicare in modo chiaro ed efficace per crescere figli forti e sicuri di sé

Gianni Celati, *Avventure in Africa*

Gianni Celati, *Verso la foce*

Paolo Rumiz, *La leggenda dei monti naviganti*

Salvatore Natoli, *Nietzsche e il teatro della filosofia*

Domenico Novacco, *L'officina della Costituzione italiana. 1943-1948*

Giorgio Candeloro, *Storia dell'Italia moderna*. Vol. III. La rivoluzione nazionale. 1846-1849

Alessandro Baricco, *Emmaus*

Iaia Caputo, *Le donne non invecchiano mai*